KB082855

사는 게 뭔지 오래돼서 잊었다

베트남 당대 대표 시선집 1

사는 게 뭔지 오래돼서 잊었다

응웬 꾸앙 티에우 외 지음 | 하재홍 옮김

아시아

시에 대한 정의, 각자의 개성 존중

응웬 빈 프엉

(Nguyễn Bình Phương, 베트남 작가회 부주석)

깨기 쉽지 않은 역설, 그것은 시를 쓴다는 게 부는 바람 같은 건 아니지만 고정시키기 정말 어렵다는 것입니다. 인류 최초의 시인과 마지막 시인은 설사 세상에 대한 감응력이 가장 풍부한 이들이라 할 지라도 분명 관점이 결코 일치하지 않을 것입니다. 왜냐하면 결국 각각의 시인이 바로 시의 지평선이고 각각의 시가 바로 시의 정의이기 때문입니다.

그러한 생각을 바탕으로 나는 한국친구들에게 당대의 베트남시인들을, 또한 베트남 사람들의 심혼에 따라 각각의 시에 대해 내려진 정의와 그 의미를 소개하고자 합니다.

우선 두 가지 경향을 대표하는 두 시인에 대해 말하고 싶습니다. 많은 순간 서로 정반대에 서있을 거라 상상되지만 결국 둘 다 같은 점은 그들이 베트남작가회의 중요인물이라는 점입니다. 또한 베트남 당대 시의 중요한 인물들이라는 점입니다. 응웬 꾸앙 티에우와 쩐 당 코아. 쩐 당 코아 시인은 베트남의 천재시인입니다. 그는 지난 세기 1960년대부터 이름을 전국에 떨쳤습니다. 그리고 오늘날까지도 그는 진정으로 천재성이란 의미에 걸맞게 확고한 경력을 쌓았습니다. 풍부한 경력과 더불어 분명한 설득력을 가진 스승으로 추앙받고 있습니다. 설득력 있는 정신 세계는 시를 사랑하는 모든 사람들의 마음 속에 이미 내재되어있는 것인데, 그는 이를 정확히 짚어냅니다.

그리고 응웬 꾸앙 티에우 시인은 당대 베트남 시단에 독특한 어조를 안겨준 이로, 중요한 것은 그 어조가 독자들뿐만 아니라 동료 작가들에게 아주 커다란 매력을 안겨준다는 것입니다. 두 시인 모두 농촌을 뿌리에 두고 있습니다. 쩐 당 코아 시인이 도시로 점점 나아갈 때, 응웬 꾸앙 티에우 시인은 고향으로 점점 돌아간다는 것이 차이가 있습니다. 응웬 꾸앙 티에우 시인의 시는 소멸된 기억, 아름다운 기억, 자신의 심혼과 심미적 면모를 창조하는 근원에 대해 가슴을 두근거리게 하는 파동을 갖고 있습니다.

세대의 흐름에 맞게 우선 한 그룹을 소개하고자 합니다. 이들은 전쟁의 시공간으로부터 걸어 나왔기에 서로에 대한 공감대가 있고, 서로의 사고방식에 친근함을 갖고 있습니다. 이들의 관심은 개인의 운명으로부터 전체의 운명으로 나아가는 데 있습니다. 이들은 응웬 비엣 찌엔, 쩐 안 타이, 팜 시 사우, 쩐 꾸앙 꾸이, 응웬 탄 럼, 쩐 꾸앙 다오, 럼 꾸앙 미 시인입니다. 이 시인들은 전쟁의 공기 속을 헤쳐 나온 이들로, 독립과 평화의 가치를 시에 담고 있습니다. 조국에 대한 그들의 열정은 더 이상 재론할 필요가 없습니다. 그 열정이 이미 가득 넘치고, 언제나 가득 흘러 넘치기에, 그와 일치한 시심이 생각과 감정과 헌신적인 정신으로 언제나 충만합니다. 이 시인들은 삶의 순간순간 모두를 사랑합니다. 이들은 가장 잔혹한 시절을 헤쳐 나왔습니다. 다시 말하자면, 이들이 겪은 삶과 성찰은 우리를 둘러싼 세상을 더 깊이 있게 만들고 있습니다.

세대, 스타일, 관심면에서도 매우 다르지만 나란히 놓고 싶은 두 시인이 있습니다. 그럼에도 두 시인은 공통된 특징이 있습니다. 그들은 베트남내 소수민족 출신입니다. 인라사라 시인은 참족입니다. 참족은 신비롭고 찬란한 문화를 가지고 있습니다. 그는 모든 차이를 극복하고 재능 있는 당대 시인들 사이로 나아가서 함께 우뚝 섰습니다. 그의 시가 가진 음색은 브랜드가 되었고, 심미적 특징을 대표하게 되었습니다. 한편 북부의 리 흐우 르엉 시인은 붉은 자오 족입니다. 자오족은 개성이 강하고, 고상한 민족입니다. 이 시인은 자기 민족 고유의 삶의 방식을 따라서 나타난 다른 경향의 시를 정의하는 데 공헌했습니다. 그의 시는 비상하고 광대한 정신을 품고 있고, 첩첩산중의 높고 낮은 시야를 두루 갖고 있습니다. 인라사라와 리 흐우 르엉은 한국시인들이 한 쌍으로 놓고 한 번 탐구할 가치가 있는 전형이라 할 수 있습니다. 그들의 시는 심혼의 세계와 문화를 매우 특별하게 체현하고 있고, 바로 그 특별한 것들이 우리 나라의 문화를 풍부하고 찬란하게 만드는 데 기여하고 있습니다.

이어서 마이 반 펀, 즈엉 남 흐엉, 홍 탄 꾸앙 시인을 소개합니다. 이들은 모두 서정성을 존중하고 높이 평가하여 항상 그에 몰두합니다. 즈엉 남 흐엉은 공적인 것과 사적인 것 사이의 배회성, 때로 그것들이 섞이기도 하는데, 시의 시점들이 여러 의미층으로 두껍게 덮여 있습니다.

마이 반 펀은 대중성과 거리를 두고 시적 본령을 파고들어서 성과를 낸 아주 드문 시인들 중에 한분입니다. 바로 그 용감한 거리두기로 인해 그는 베트남 국경 너머 이 세계의 다른 많은 땅으로 아주 멀리 나아갈 수 있었습니다. 그는 베트남 당대 시인 중 현재 가장 많은 나라의 언어로 시가 번역 소개된 시인입니다. 그의 시 세계는 인간의 본성을 자연의 본성과 재통합하는 여정 속에 있습니다. 그렇기 때문에 독자의 마음을 흔들기 위해, 언제나 마음 한 귀퉁이에 깊이 숨겨진 곳, 또한 독자의 심혼 속 가장 민감한 곳을 찾습니다. 마이 반 펀의 차분한 공간은 홍 탄 꾸앙의 따듯한 감정과 대비됩니다. 시인으로서 각각의 시는 인간성에 대한 기도서라 할 수 있는데, 구체적으로는 인간과 인간 간의 사랑에 대한 기도서인 것입니다. 그 속에는 연인 사이의 정감이 빠질 수 없습니다.

홍 탄 꾸앙은 사회의 혼잡한 열기에 관심이 없는 듯, 인간의 사랑에 정신이 팔려 그에 대한 찬사를 보냅니다. 그것은 아무나 할 수 있는 것이 아닐 뿐더러 더더욱 누구나 쉽게 유지할 수 있는 것도 아닙니다. 구체적인 사람에 대한 사랑을 오래도록 유지하려면 심혼이 언제나 대상을 양해할 줄 알아야 하고, 마음의 진동을 알아야 하고, 진동과 양해를 삶의 이유로 여겨야 합니다.

그다음으로 쩐 뚜언, 판 호앙, 부 홍 시인을 소개합니다. 이 시인들은 스타일이 다른데, 유일한 공통점이라면 나이대뿐이라 할 수 있습니다. 부 홍은 부드럽고 개방적인 반면, 판 호앙은 자신이 더 관심을 갖는 문제들에 대해 강하고 맹렬합니다. 쩐 뚜언은 말 수가 적고, 언어의 특성과 이상을 파고드는 매력을 갖고 있습니다. 그의 시에서 우리는 사회생활에 대한 비판과 괴로움을 찾는 것이 아니라, 심혼의 괴로움을 찾을 수 있습니다. 그것이 그의 시가 현실과 동떨어져 있다는 것을 의미하는 것은 아니고, 그의 시가 더 세심하고, 순수하게 현실을 걸러낸다는 것을 알려줍니다. 쩐 뚜언 시의 현실은 굴절된 현실이며, 세밀하고 투철한 느낌에 상응하는 파장을 가져야만 연상이 됩니다.

시의 두 가지 '정의'는 처음에 소개했어야 하지만, 만약 성별에 대한 우선권이 필요하다면, 저는 마지막에 놓고자 합니다. 왜냐하면 시인은 어떤 우선권도 필요없는 존재이기 때문입니다. 두 여성시인은 나라의 양쪽 끝에 삽니다. 투 응웻과 르 티 마이. 이 두 여성시인은 지리적으로 서로 멀리 떨어져 있을 뿐만 아니라, 세대의 거리도 멉니다. 하지만 주제나 지역에 제한을 받지 않는 창의성을 대표하고 있습니다. 이 두 시인 중 하나는 차분하고 우아하며, 다른 하나는 이글이글 활력이 넘칩니다. 공통점은 뜨거운 내면의 삶에 손을 대면서도 여성적 천성만이 지니고 있는 섬세함으로 부드러운 감각을 자연스럽게 자아낸다는 것입니다.

시는 개인만의 개성이 응축된 광활한 세상입니다. 그렇기 때문에, 영원히 고정된 것도 없고, 공통분모도 없습니다. 공통분모가 없기 때문에 순수한 시는 대화 그 자체이며, 그것은 모두에게 평등한 대화입니다. 그러하기에 한국독자들이 베트남 시를 읽을 때, 제가 소개한 시인들과 대화를 눈으로나마 나눠보기를 바랍니다. 그들의 시에 깊이 들어가다보면 그들의 떨림과 비탄을 느낄 수 있습니다. 그 느낌이 서로에게 다시금 생명을 불어넣을 것입니다.

차례

일러두기

1. 본문 각주는 원문에는 없던 것으로 모두 옮긴이가 단 것이다.
2. 인명과 지명은 현지 발음에 최대한 가깝게 표기하였다.

사는 게 뭔지 오래돼서 잊었다

응웬 꾸앙 티에우

Nguyễn Quang Thiều

1957년 하노이 출생. 베트남 작가회 주석. 아시아 아프리카 및 라틴 아메리카 작가협회 수석 사무 부총장, 베트남 작가회 출판사 사장 겸 편집장을 역임하고 있다. 대표작으로는 시집 『불의 불면증』 『햇살 나무』 『강물지게를 진 여성들』 등이 있으며, 시집 12권, 소설 및 산문집 25권, 번역서 3권을 출간했다. 이외에도 베트남 각종 신문에 문화, 문학예술, 교육, 사회, 환경에 관한 기사 500여 편을 썼다. 화가로서 몇몇 전람회에도 참여했다. 시와 단편소설이 미국, 영국, 프랑스, 중국, 한국, 호주, 노르웨이, 콜롬비아, 스페인, 아일랜드, 인도, 스웨덴, 대만, 일본, 태국, 러시아 등에 번역 소개되었다. 1993년 베트남작가회 최고작품상, 1998년 미국 번역가협회 번역문학상, 2011년 러시아 문학신문으로부터 가장 좋은 외국시 상, 2017년 국가 시문학상, 2018년 창원KC국제문학상을 수상했다. 2007년 만해축제 동아시아 시인 포럼에 참여했다.

자물쇠 — 레 티엣 끄엉에게

(Ổ khóa — tặng Lê Thiết Cương)

어젯밤 나는 나를 열 수 없었네

마지막 열쇠까지 써보았지만
자물쇠에 꽂을 수 없었네
내 발밑은 사막
한 번씩 써본 열쇠들로 가득한

나는 밤새 나의 바깥에 서 있었네
열쇠공의 전화번호 기억하려 애썼지만
사실 그 어떤 열쇠공 하나 없었네
내가 사는 이 시대에는

그러다 모든 사실들의 한 가지 사실 발견했네
내겐 그 어떤 자물쇠 하나 없다는 것을

2018년 6월 28일 오전 4시 30분

별들(Những ngôi sao)

우리가 별빛만으론 서로를 보살필 수 없다고
내가 그렇게 말했지만, 그래도 제발 울지 않기를
내 가슴으로 쏟아지는 너의 머리칼
자갈 속 슬픈 덩굴 뿌리 같아

오늘밤이 몇 번째 밤인지 더 이상 알지 못해
별 앞에 서로를 끌어안고 앉아 숨을 내쉬는데
별들이야 멋지지만 내가 다다를 수 없으니
결코 네게 따 줄 수가 없네

내가 돌아오라고 했었지, 차마 보낼 수 없어
두려움의 마디마디 수많은 고통들 그걸 견디기엔 너
너무 어려
너는 내게 기대고, 나는 쓰라림에 기대고
지구는 저 멀리 별들에게 기대네

우리 둘만의 황량한 밤

밥도 옷도 집도 없이 벌벌 떨며 서로를 끌어안고 앉았다가
새벽이 깨어날 때 우리는 무엇을 시작할까
바다로 나아갈까 숲으로 돌아갈까

백만 년 전 오늘 밤 지구는 어디에 있었나
아니 백만 년 후 먼지 바람, 금빛 구름
그리고 고통스러워하면서 행복해하는 우리
우리는 최후의 두 사람일까 최초의 두 사람일까

오늘 밤이 몇 번째 밤인지 더 이상 알지 못해
우리는 갓 태어난 부드럽고 여린 아기같이
방금 병석에서 일어난 이의 숨결로
우리는 서로를 끌어안고 고개 들어 별을 부르네

고향에 대한 노래 — 또는 주아 마을에 대한 선언문

(Bài hát về cố hương — hay là Bản tuyên ngôn về làng Chùa)

고향에 대한 노랠 부르네
모든 것이 잠에 취해 있을 때
흠뻑 젖은 별들 아래
고향 찾아오는 황야의 거친 바람들

어디선가 아낙네 머리맡에는 사내의 잠꼬대 소리
어디선가 한밤 은은하게 흐르는 엄마의 젖 내음
어디선가 땅에서 돋아나는 새싹과 같은 열다섯 소녀들의 가슴
그리고 어디선가 노인들의 콜록대는 기침소리
나뭇가지에서 떨어져 잠에 곯아떨어진 농익은 열매들
늦은 밤 마당 구석에 홀로 깨어 있는 풀

고향에 대한 노랠 부르네
반짝이는 등불 속에서
할아버지 할머니가 남겨주신 그 등불은

그 어떤 등불보다도 아름답고 구슬펐네

내가 막 태어났을 때

엄마는 내 얼굴에 등불을 비추었네

슬픔을 알고 사랑을 알고 울음을 아는 등불의 얼굴 내가
볼 수 있도록

고향에 대한 노랠 부르네

거기에 묻혀 있는 탯줄로

탯줄은 사라지지 않고

지렁이가 되었네

조용히 물항아리, 연못가를 기어다니고

몸을 뒤척이며 조상의 무덤가를 기어다니고

굶어 죽은 동네 사람들 무덤가를 기어다니면서

흙을 돋우네 피가 콸콸 흘러가도록

노랠 부르네, 고향에 대한 노랠 부르네

도자기 가마 옆 차곡차곡 쌓은 작은 그릇들 속에서

머지않아 나는 그 속에 누워 있겠네

이번 생의 나는 사람

다음 생의 나는 동물이길

다음 생에 나는 제발 한 마리 작은 강아지이길

슬픔을 지킬 수 있게 – 고향의 보물인

쩐 당 코아

Trần Đăng Khoa

1958년 하이 즈엉 출생. 베트남 작가회 부주석, 하노이 문학예술연합회 부주석을 역임하고 있다. 8살에 신문에 시를 싣고, 10살에 첫 시집을 낸 문학신동으로 유명하다. 대표작으로는 시집 『마당 구석과 하늘』이 있으며, 시집 12권, 평론집 2권, 산문집 3권을 출간했다. 그의 시는 전 세계 40여 개국에 번역 소개되었다. 2001년 국가문학예술상. 2013년 태국 순 톤 부 문학상을 수상했다. 2018년 동리목월기념사업회 문학행사에 베트남작가단 인솔단장으로 참여했다.

잎사귀의 양면(Hai một của chiếc lá)

나와 그대는 잎사귀의 양면 같다

서로를 떠날까? 어디 쉽게 떠날 수 있으리

허나 서로에게 다가가려면? 어찌 닿을 수 있으리

나는 여기에, 그대는 아련한 저쪽이니

지구는 돈다(Trái đất quay)

아무것도 신기할 건 없지
빙글빙글 도는 지구
더위가 지겨워지면 추위가 오지
슬픔도 기쁨도 모두 스치듯 날아가고

올 것은 올 것이고
지나갈 것은 지나가야 하지
애쓸 필요조차 없지
우리는 역시 노인이 될 것이고

삶을 모래 먼지처럼 여기시길
평온하고자 하나 전혀 평온하지 않고
세상은 여전히 흔들거리나니
확고한 것이 무엇인가?

선행을 베푸시길
지금 때맞춰 서로에게 베푸시길

내일을 누가 알까

우리의 삶은 막막히 돌고 도는데……

해병의 사랑시(Thơ tình người lính biển)

나 바다로 가네

구름이 흰 돛처럼 하늘 가로질러 걸려 있는데

헤어질 시간, 나는 부두를 산책했네

한쪽은 바다, 한쪽은 그대

바다는 소란스러운데, 그대는 고요하네

방금 무언가 말하고 조용히 미소 짓는 그대

나는 양쪽 파도를 맞으며 가라앉는 배와 같네

한쪽은 바다, 한쪽은 그대

내일, 도시가 등불을 켜는 내일

우리의 배는 머나먼 별들 아래 정박을 할 것이네

아득한 물과 하늘, 하지만 난 외롭지 않으리

한쪽은 바다, 한쪽은 그대

고난의 조국 아직도 평온하지 않네

장례식장 흰 두건 속으로 태풍이 아직 멈추지 않아

나는 경계를 서네. 저문 날. 텅 빈 섬에서.

한쪽은 바다, 한쪽은 그대

저 하늘엔 그대도 없고

바다도 더 이상 없을 수 있네. 그저 풀과 함께 있는 나

그럴지라도 나는 여전히 기억할 것이네

한쪽은 바다, 한쪽은 그대

응웬 빈 프엉

Nguyễn Bình Phương

1965년 타이 응웬 출생. 베트남 작가회 부주석, 군대문예잡지 편집장을 역임하고 있다. 1990년부터 작품활동을 시작했으며, 대표작으로는 시집 『무심한 낚시』, 소설 『나 그리고 그들』이 있다. 출간한 작품으로는 『젠장』(소설, 1990), 『독기』(시, 1993), 『늙어죽은 어린이들』(소설, 1994), 『몸에서 멀리』(시, 1997), 『부재자』(소설, 1999), 『쇠퇴한 기억』(소설, 2000), 『죽어서 푸른 하늘로』(시, 2001), 『시작하자마자』(소설, 2004), 『무심한 낚시』(시,2011), 『나 그리고 그들』(소설, 2014), 『멀리서 문을 두드리다』(소설, 2015) 『얘기를 마치고 떠나다』(소설, 2017), 『평범한 비유』(소설, 2021) 등이 있다. 2012년, 2015년 하노이 작가회 최고작품상. 2020년 전후 국경문학(1975~2020) 최고작품상을 수상했다. 2018년 한국문학번역원 서울국제작가축제에 참여했고, 2019년 한국현대시인협회 문학행사 베트남작가단 인솔단장으로 참여했다.

오늘의 나(Ta hôm nay)

한자리에 서서
생각을 한 방향으로 펼치면
오늘이 그날이라는 걸 안다

하지만 잘 모른다 왜 햇볕은 언제나 나뭇가지를 닮게 하는지
왜 인덕션에서 불이 사라졌는지
왜 요즘따라 강산은 비탄에 잠겼는지
왜 젊은이들이 밤에 그리 멀리 갔는지

나는 누가 마약을 몰래 맞았는지 모른다
군중을 외롭게 만든 것도
말 한 마디 할 수 없지만 반짝이는 물방울
부서졌으나 예전처럼 반짝이는

나는 누가 장님의 눈을 찔렀는지 모른다
아주 꼬불꼬불한 길

깨끗이 모른다 누가 강도를 당했는지
각 세포 속에서 울리는 경보벨

어제 갑자기 나동그라진 이가 있다
부끄러워 어중간하게 열린 재판
기소장은 논밭이 익는 걸 막고
새떼는 방종으로 물든다

당연히 하늘이 낮게 내려온다
건물이 남몰래 높이 솟아오른 걸 내가 알기에
그림자는 이곳에 사람은 다른 곳에, 물론
오늘의 나는 바로 그날의 나다

무심한 낚시(Buổi câu hờ hững)

물은 해를 낚고
해는 바람을 낚고

길은 사람을 낚고
오
촌놈은 길을 낚지

내일은 다른 내일을 낚네
무심한 얼굴로

눈은 이슬을 낚고
온통 꿈으로 반짝이는 저 나무

낙심한 사람은 앉아서 불행을 낚고
온라인 속 젊은이들은 희망을 낚지

어두운 체크무늬 옷을 입은

꿈보다 천 배는 넓은

자신의

나 하나와 오토바이 하나

우우 소리 지르며 다리를 건너지

옷 속에 온통 바람을 넣고

그래

바람은 해를 낚지

미끼들의 미로 사이

사냥에 의한 죽음과 기다림의 삶 사이

사람들은 저마다 낚싯대 하나 풀어놓는다

외로운 전화(Điện thoại cô đơn)

여보세요, 소나기 맞지요
어서 4번지 마당으로 가세요
나무가 곧 쓰러지려고 해요

여보세요, 여쭐 게 있어요
여기가 가을 정류장 맞나요
전 예전 구름을 만나고 싶어요……
이미 그쪽으로 갔나요?
네…… 제가 끝까지 쫓아갈게요

여보세요, 하얀 벽
나는 네가 저쪽 얘기를 듣고 있다는 걸 알아, 그렇게 아무렇지 않은 척 하지 마
당장 배상하지 않으면, 네 인생을 지워버릴 거야
그때 돼서 애걸복걸하지 마

여보세요, 만약 당신이 고양이라면

나한테 한 번만 울어주세요
여기의 오후는 너무도 고요하거든요

저는 무지개를 원해요
여보세요, 여보세요 얘기 좀 나눌 수 있을까요
미안해요, 또 한 번 잊어버렸네요

여보세요 불 좀 만나게 해주세요
그래요? 번호를 착각하신 게 틀림없네요
근데 이 번호가 090에 끝 번호 81 아닌가요?
정확한데요
근데 왜 이렇게 차가우신지……

여보세요
바로 당신이 오늘 오후에 죽은 사람이지요
그럼 심호흡을 한번 가볍게 해주세요
들리네요
고마워요.

인라사라

Inrasara

1957년 닌 투언성 짬 짜끌랭 마을 출생. 베트남 소수민족 중 하나인 참족 출신이다. 베트남 작가회 시분과위원장을 역임하고 있다. 호치민 종합대 베트남-동남아센터 닌 투언 참족 서적 편집위원회에서 일하고 있다. 참족 창작-수집-연구 학회인 '따갈라우'를 창립하여 주필을 맡고 있다. 대표작으로는 시집『햇살 탑』『4월 정화의식』등이 있다. 그 밖에도 시집, 소설, 문학비평 등 17권의 책을 출간했으며, 참족 문화 연구 과제 12개를 수행했다. 1997년, 2003년 베트남작가회 최고작품상, 2005년 동남아문학상을 수상했다.

땅의 자식(Đứa con của đất)

나는,

작고 좁은 중부 지역 들판을 떠도는 바람의 자식

메마른 흰 모래, 사철 불볕의 자식

한없이 휘몰아치는 폭풍, 바다의 자식

그리고 창백한 불면의 참탑[1] 두 눈의 자식

엄마는 나를 슬픈 민요의 젖으로 키웠네

아버지는 나를 글랑 아낙[2] 사냥꾼의 팔로 키웠네

할아버지는 나를 전설적인 안개 낀 달로 키웠네

플러이[3]는 나를 연 그림자, 귀뚜라미 영혼, 워낭 소리로 키웠네

자라서,

나는 전쟁을 마주했고

---

1 참파왕국이 세운 힌두교 사원. 참파왕국은 2세기말부터 19세기 중반까지 베트남 중부지역에 존재했다.

2 참족의 단어로 '예언'을 뜻한다.

3 베트남 중부 고원지역의 지명.

옷과 밥, 실존, 현상에 맞닥뜨렸으며
방탕한 언어의 물결 속에 허우적거렸네
그러곤 그대에 대한 사랑의 계곡 속에 휘말려 들었네

나는 세상을 잃었고 내 스스로에게서 길을 잃었네
나는 드와북[4] 가락, 아리야[5] 시구, 고춧가루에서 길을 잃었네
눈먼 심장
나는 버려진 사람처럼
초록의 계절 잎사귀 없는 황량한 숲으로 떨어졌네

그러곤 나는 머리를 들고 일어나 몸을 뻗었네
그러곤 나는 몸을 길게 빼고 과거의 동굴에서 빠져나왔네
도시의 폐허더미를 빠져나오려 길을 찾는 부상병처럼

---

4 참족의 전통민요
5 참족의 전통시.

나는 나를 찾았네
고향의 햇살을 찾았네!

다시 내 안의 초록 — 비록 숲이 이미 불탔어도
다시 내 안의 흐름 — 비록 강물이 이미 죽었어도
갑자기 메마른 모래 — 갑자기 슬퍼진 자장가
갑자기 인연 맺은 그대 — 갑자기 황량해진 탑

아득한 엄마의 목소리가 천년의 잠을 달래주네

낭자의 초상화(Chân dung nàng)

너의 살과 피부는 피어나는데 — 너의 옷은 꽉 끼고

인구는 늘어나는데 — 집은 언제나 비좁고

마을은 계속 커지는데 — 논밭은 계속 쪼그라든다.

너는 플러이에서 뽑혀 나와

거리로 내던져졌다.

너는 목걸이도 없이 청바지도 없이

언덕의 영혼을 갖고서

너는 낯선 거리에서 길을 잃었다.

너는 낯선 다락방에서 빨래를 하고

너는 낯선 재봉공장에서 보조를 하고

너는 낯선 골목에서 겁을 집어먹는다.

논밭의 영혼을 갖고서

너는 낯선 밤으로 떨어졌다.

엄마!

밤에 제가 찾아갈 별이 없어요
낮을 인도할 계절풍이 더 이상 없어요
제 손엔 반지가 없어요
저는 슬픈 눈만 남아있어요
제 주머니엔 돈이 없어요
제겐 햇볕에 그을린 발만 남아 있어요.

어디로 갈까요?

저는 사라졌어요 친척의 기억 속에서
연인의 기억 속에서
친구의 기억 속에서
아련한 엄마는 흔적도 남아 있지 않아요

단지 마을의 기억 속에서 제 이름이 퇴적물 깊은 곳에
남아 있을 뿐
이미 오래전.

갑자기 어느 날 언덕은 네가 돌아오는 것을 보았다
이웃과 친척들의 희비의 근원
따끔따끔 쑤시는 고통 다 뜯어고친 문서처럼

떠났다 논밭의 영혼으로부터
언덕의 영혼으로부터
낭자는 거리로 향하는데
놓여진 수천의 거리는
상처 입은 심장을 위협한다.

낭자는 여전히 망망대해의 거리로 향하며
문을 열고 바라보는 형제자매들에게 손을 흔들고
이미 처자식을 얻은 옛 연인에게 손을 흔들고

폭풍우에 계속해서 흔들리는 친척들에게 손을 흔든다.

낭자의 슬픈 영혼이 햇빛을 쬐는 듯
내일의 열매가 자랄 준비를 한다!

어느 날 갑자기 마을은 네가 돌아오는 걸 본다
언덕과 논밭의 영혼이 깨진 채
진하게 인쇄된 출발선 같은.

가장 아름다운 날(Ngày đẹp nhất)

아무 일도 하고 싶지 않고, 생각하거나 말하고 싶지 않은 오후가 있다

위하여

내게 어리석은 나이를 먹여준 백 개의 강을 위하여

기억이 가득 흐르는

위하여

시를 아직 짓지 않던 시절에 외웠던 시구들을 위하여

대책 없는 영혼이 흘러 넘치는

일을 밀어 제쳐 두고

엉성하게 읽은 단편소설, 서툴게 쓴 편지

저기 바깥은 촉박한 삶일지라도

언덕을 내려가며 물동이를 나르던 소녀, 길에 멈춰서 한참을 머뭇거리다 마을로 천천히 걸음을 옮기던 그녀

지금은 무슨 일을 할까, 어디에 있을까 — 그 누가 알랴?

저기 바깥의 오후가 꺼지고 있다

뜬금없이 아무나 기다리지 마라
그대의 텅 빈 속을 가득 채울 수 있다고

어린 시절 수만 개의 잠자리 날개 날아와 방을 밝힌다.

럼 꾸앙 미

Lâm Quang Mỹ

1944년 응에 안 출생. 1965년 호치민 장학생(베트남 전쟁 당시 호치민 주석이 전국의 수재들을 선발하여 해외에 유학시킨 장학생)으로 선발되어 폴란드에서 물리학을 공부하고 박사학위를 받았다. 베트남어뿐만 아니라 폴란드어로도 작품활동을 하여 첫 시집『메아리』를 베트남-폴란드어 이중언어로 출간했다. 대표작으로는 시집『파도 위에 떨어지는 오후』가 있으며, 6권의 시집을 출간했다. 2004년 폴란드 작가회 주관 가을시 문학상, 2010년 베트남문학예술연합회 베트남문학예술과업상을 수상했다.

나 그리고 시(Tôi và thơ tôi)

때때로 나의 시는
가느다란 실바람 같다
태풍 뒤에 살아남은 실바람으로
무너진 폐허의 풍경을 여전히 떠올린다.

때때로 나의 시는
순진한 어린아이 같다
천진난만하게 걸으면서 노래를 하는
길 쪽에 떨어진 것이지만 감히 주울 수 없는.

그리고 나는 늦가을의 마른 잎 같아서
바람이 길을 잃게 한다 옛길에서
슬픔인지 기쁨인지 모른 채……

위안(An ủi)

이제 그만 됐어요, 그대여 제발 슬퍼하지 말아요.
분명 우리는 전생에 수행이 어설펐나 봐요.
그래도 다행스럽게 우리는 여전히 친구예요,
사랑하지 않는다고 적이 되는 건 아니니까요.

젊음이 우리를 더 이상 가깝게 두지 못하지만
세상의 먼지가 될 때까지
그리고 먼지도 분명 짝이 필요할 테죠.
비록 찰나뿐인 순간의 짝이 될지라도.

그대가 부르는 꾸안 호[6] 노래를 듣네

(Nghe em hát quan họ)

"님이여, 님이여 가지 마세요……."

노랫말이 온 여름 밤을 뒤흔드네.

광대한 꾸안 호의 땅과 하늘

그대의 노랫말이 흐르는 별 출렁이게 하네.

"님이여 가시려거든 다시 온다 다짐하고 가세요."

바람은 차마 그대의 노랫말 휘감지 못하고.

펄럭이는 그대의 옷자락에

내 마음은 백 개의 매듭으로 짠 꾸아이 타오[7] 같네.

"꾸안 족[8]으로 노를 저어가요." 높이 높이

그 누가 있어, 서로를 기다리다 함께 돌아갈까.

노랫말은 여름밤을 짧게 줄이고,

내 마음 머물게 하여, 호일 림[9]으로 데려다 놓네.

---

6 베트남의 대표적인 전통 민요 중 하나로 배 위에서 부르는 노래다.

7 대로 만든 둥근 쟁반 모양의 전통 모자. 지름 40cm 크기로 북부지역 여성들이 주로 썼다.

8 베트남 농촌에서 당산나무로 쓰이는 보리수 나무

9 베트남 북부 박닌 성의 축제로 매년 음력 1월 13일에 열린다. 여러 척의 배에서 축제가 진행되며 노래와 시를 통해 남녀가 인연을 맺는다.

그대여 노래를 불러주오, 자오 쥬옌[10] 노래를

내 영혼이 그대와 함께 뱃머리에 기댈 수 있게.

10 남녀 간의 정감을 나누는 시로 일곱 자로 되어 있다.

응웬 탄 럼

Nguyễn Thanh Lâm

1952년 출생. 『사랑을 찾는 삶』 등 시집 8권을 출간했다. 2009년 하노이 시문학상 등 다양한 상을 수상했다. 2018년 동리목월기념사업회 문학행사에 참여했다.

숨바꼭질(Trốn, Tìm)

나는 나한테서 도망치는 사람

나는 나를 찾아가는 사람

나는 둘 모두

만약 그대가 나와 함께라면

숨바꼭질 놀이를 해야지

0은 0을 찾지

그대와 나는 함께 눈을 감아도

여전히 서로를 찾을 수 있지

눈을 뜨면

숨바꼭질은 더 이상 없지

오로지 진실은

두 개의 텅 빈 공간이 서로에게 녹아든다는 것

웃음소리(Tiếng cười)

침묵의 웃음소리 울려퍼진다

비어 있음 — 가득 참

우스운 웃음소리

자기 자신에 대한 웃음

옛 왕조에는 광대가 보통 있었다

광대는 항상 현자의 웃음소리를 갖고 있었다

현자라고 불리는 사람들은 광대의 웃음소리를 이해하지 못했다

이해해도 감히 말하지 못했다

현자는 황제를 두려워한다

광대는 아무도 두려워하지 않는다

다만 아내만 무서워할 뿐!

이해할 수 있는 것은:

이해할 것이 아무것도 없다는 것

말할 것이 아무것도 없다는 것

생각에 대해 웃는다는 것

침묵에서 걸어 나온 웃음소리에

꽃이 핀다는 것

다도 — 부 꾸언 프엉 시인에게 바친다

(Trà đạo — tặng nhà thơ Vũ Quần Phương)

중독되지 않고, 빠지지 않으면 어찌 다도를 이해할까

물고기가 물의 마음을 아는 것과는 다르다

마음은 고요하지 않고, 가슴은 초월적이지 않다

자기 자신을 차 속에 하나로 넣을 수 없다

나는 차 — 차는 나

달콤한 차의 맛을 즐긴다

어제 마신 차의 맛을 기억하지 마라……

낯설고 새로운 세계로 부드럽게 흘러들어가는 자신의 마음의 소리를 들어라

과거도 없고, 미래도 없다

단지 이 순간의 생동감

선의 세계로 들어가듯 차를 즐겨라

영혼은 감각의 강변으로 흘러간다

무한한 외부에 상응하는 무한한 내부의 소리를 들어라

선이 없고, 악이 없으며, 무구하고, 무념이다

감각으로 향기의 소리를 들어라

치밀하게 스며들어라

내 마음의 본래 모습을 깨닫고

인생을 즐기듯 차를 즐겨라

그 자체는 아무 목적이 없다

시작도 끝도 없는 삶

나는 중독되었고, 나는 사랑한다. 나는 삶이다.

응웬 비엣 찌엔

Nguyễn Việt Chiến

1952년 하노이 출생. 시인, 기자로 활동하고 있다. 시집 9권『0시의 비』『시간의 파도』『땅위의 풀』『저녁 말들』『달과 천천히 읽는 시』『찢기지 않은 장미』『바다에서 본 조국』『바다의 노래』『시각과 환각』, 소설 1권『갈증의 계절』베트남시에 대한 평론집 2권을 출간했다. 문예지 문학상, 군대문예잡지, 베트남 작가회, 하노이 작가회, 하노이문학예술연합회, 국방부의 문학예술상 등 베트남내 크고 작은 문학상을 12차례 수상했다.

옛날(Ngày xưa)

옛날에는
지붕을 볏짚과 신선한 바람으로 이고
벽을 볏짚에 진흙과 새벽 아침 햇살 섞어 발랐지

옛날에는
쌀과 구령 소리를 밤별들과 함께 두들겼지
수확기 절구통에서

옛날에는
밤의 달빛과 그대의 머리칼이 나무빗으로 빗겨지고
시는 머나먼 기억의 이슬처럼 그저 가냘펐지

옛날에는
사내들이 집을 떠날 필요 없었지
자신을 위해 화석화된 숲을 찾았지

옛날에는

아낙네들이 밤비 소리에 도망칠 필요 없었지
전쟁 후의 옷이 되려고 옛날의 따스함을 찾아 나섰지

옛날이여. 옛날

옛 부조(Phù điêu cổ)

각 왕조의 무덤
폐허 속으로 점점 가라앉는다
황량한 바람들
천년은 미몽으로 돌아간다

시간이 장인
수많은 허명을 깎고 닳게 한다
돌비석이여 말하지 마라
무형의 이끼풀 앞에서

여전히 불빛은 남아
옛 부조 위에서 타오른다
무녀의 벌거벗은 가슴 아래
수많은 잿가루 흩날린다

현인과 폭군
모두 흙먼지가 되었다

흙에서 구워낸 부조

그저 네 모습만 새길 뿐

남부 길을 따라 항 꼬 기차역

(Ga Hàng Cỏ dọc đường Nam Bộ)

엄마, 삼십삼 년 전

항 꼬 역에서 저를 배웅했죠

엄마가 집으로 돌아가시고

남부 길을 따라 눈물

밤기차 칸칸마다 애가 끊었죠

삼십삼 년후

항 꼬 역도 없고, 남부 길도 없지만

엄마의 아들은 영원히 열여덟 살

그날 돌아오지 않은 기차처럼

홀로 남은 엄마

길도 없고, 기차역도 없고, 아무것도 없이

기억할 무엇이 남았을까요

남부 길을 따라 항 꼬 기차역

엄마

오늘은 시가 어디로 가는지 얘기해볼까요
제 속에는 아직도 기차편이 남아 있어요
아직 돌아오지 않은 삼십삼 년전

그런가요, 그래서 지금의 시구들이
여전히 길에 올라 출정을 하는 건가요

쩐 안 타이

Trần Anh Thái

1955년 타이 빈 출생. 대표작으로는 『하얀 독백』(시), 『하얀 망루』(시), 『달콤한 쓰고 떫은 맛』(소설), 『혹독한 운명』(소설) 등이 있다. 2015년 베트남 문학예술연합회 문학상을 수상했다. 2010년 단국대 세계작가 페스티벌에 참여했다.

오후마다(Chiều chiều)

오후마다
노인은 돌 받침 쪽에 앉아 낚시를 한다
잔잔한 호수엔 물고기 요동치는 소리 들리지 않는다
한참 만에 낚싯대 움찔움찔대다
그러곤 다시 예전처럼 조용해진다

오후마다 태양은 참을성 있게 천천히 주위를 맴돌고
황금빛 무늬들 한가롭게 물 위를 떠돈다
낚싯대는 가만히 움직이지 않는다
노인은 거기에 앉아 있다
푸른 하늘에 인쇄된 조각상처럼……

어느 날이나 역시 그 어느 날과 다름없다
노인은 낚싯대를 들고 나와 돌 받침 쪽에 앉는다
침묵에 젖어
침묵하는 얼굴
하루 끝의 햇볕들 나무들의 대열 쪽으로 차츰 사라진다

오후마다 돌 받침 주위로 낙엽 가득 떨어지는데

움직이는 소리 없고 소란스런 바람도 없다

오후마다 태양은 서서히 햇빛을 끈다

노인이 느긋하게 일어나 오래된 낚시줄을 걷으면

어둠이 내려와 꿈틀대는 물고기 소리 하나 없는 호수의 표면을 덮는다……

땅 버섯(Nấm đất)

더 이상 여기에 아무도 없다

가시 철조망에도 이끼에 뒤덮인 차가운 진지와 참호에도

옛 전장엔 어지럽도록 짙푸른 잡초와 총탄 자국

어디선가 갈대 바스락거리는 소리, 부는 바람 속 사람들 속삭이는 소리

침묵의 그림자 조용히 움직인다……

하나의 전장, 하나의 전쟁, 양쪽 다 죽었다

양쪽 다 폭탄 구덩이 하나에 함께 묻혔다

양쪽 다 아득한 하늘 아래에

밤낮으로 내내 씽씽대며 허무한 바람 만든다

평범한 버섯 단순한 갈색 버섯이

양쪽 두 사람을 위해 공동 무덤을 만들었다

양쪽 전선에서 싸웠던 두 병사

죽어서 땅의 살과 피로 변할 때

땅 버섯은 품어주며 땅 버섯은 아군과 적군 식별하지 않았다

땅 버섯 — 모든 고통을 막아주는 영혼

아 땅 버섯은 소란스럽지 않고 그저 조용히 사랑하고 보호한다

세상 모든 것보다 더 높이……

뒤에 온 사람들에게도…… 그리고 그 뒤로 한참 후에도

두 사람의 땅 버섯에 향불을 피우고

술 한 잔 풀밭에 골고루 뿌린다

무덤에 놓인 향그럽고 싱그런 꽃다발

해골 둘 — 전선 둘 — 눈물의 향 연기 피어 오르는 땅 버섯 하나!

엄마의 뜰(Khu vườn của mẹ)

I

엄마! 그때가 천구백 몇 년…… 엄마가 저를 보러 오셨을 때죠

하노이는 사람들로 북적거렸고, 생선과 채소는 낯선 물건처럼 희귀했죠

서로를 초대하는 사람들은 적었지만, 맥주잔이 온종일 줄을 섰죠

식사는 단지 느억맘[11]과 삶은 공심채 국뿐!

사람들의 물결은 조용히 흐르는데, 마치 자신을 기억 못하는 듯했죠……

그날 제가 세든 방은 7제곱미터

엄마와 아들, 냄비, 신발, 쌀통에 밤이 내려와

간장병을 서로 밀치며 잠을 청했죠

온밤 내내 엄마는 노쇠하고 아픈 다리 한번 쭉 뻗지 못

11 베트남 생선 액젓.

했죠

그렇건만 아침이 되자 엄마는 여전히 웃었죠!

집도 없고 돈도 없고 먹을 거리도 없고

고요한 삶은 죽음 같았죠……

II

지금 엄마는 없는데

엄마는 평생 모은 모든 돈으로 시골에 집을 지었죠

엄마는 제게 집을 남겨주고, 엄마는 수천의 연기구름으로 변했죠

엄마!

엄마의 뜰엔 아직 차밭과 빈랑 나무가 있어요

그것은 제가 태어나기 전부터 있었죠

그럼에도 사계절 내내 여전히 싱싱하고 푸른 이파리

온뜰을 시원하게 빛내고 있어요……

이번 가을엔 엄마가 저를 낳은 집으로 돌아가요
이파리의 환호성 속에는 엄마의 웃음소리가 있어요
엄마가 지금 뜰에서 열심히 풀을 뜯고 있는 것 같아요
평화로운 땅 바스락 거리가 소리 피어나요.

III

뜰을 깨우는 새소리 울려퍼지고
저는 문틈으로 들어온 첫 햇빛에 잠을 깼어요
가을의 가벼운 바람향기는 절절하고 신비롭죠
망꺼우[12] 열매가 꿈결처럼 눈을 뜨고 내일을 기다려요

저는 아주 깊은 세계에서 뜰의 고요를 들어요
이파리들의 영혼이 속삭이며 이야기를 나누네요

---

12 슈가애플. 열매는 심장 모양이고, 과육은 희며, 까만 씨가 많이 들어 있다.

돌아오신 아버지는 투명한 가을 그림자로 찍히고

햇볕은 뜰을 따듯하게 하네요.

저는 갑자기 현실의 의미를 깨달아요

소박한 뜰이 빚은 자유의 순간……

신성한 순간들은 잠깐 빛났다가

그러곤 실망스런 밤의 장막 속으로 훌쩍 사라지죠

하지만 저는 발걸음을 들어올려 행복 — 고통의 새벽을 지나요.

쩐 꾸앙 꾸이
Trần Quang Quý

1955년 푸 토 출생. 대표작으로는 『비좁은 집의 네게 쓰는 글』『깊은 눈』『도마 모양 꿈』『얼굴 마트』『땅의 자유색』 등이 있다. 2004년, 2012년 베트남작가회 최고작품상. 2016 문학예술분야 국가문학상을 수상했다.

아침 역(Ga sáng)

새가 목청을 가다듬으면

푸르게 기지개 켠 나뭇잎 줄기들과

구름들 하늘 굿을 준비한다

만물 생명의 밭고랑 위 작은 단음절이 싹트고

아침은 지난밤의 문자들을 깨운다

립스틱이 번지는 이슬방울들

졸음에 겨운 입술들

침대 모서리에서 튀어 오르는 사랑을 감추고

여전히 콩닥거리는 가슴 속 어색함을 감춘다

세상은 하루의 가장 작은 것들부터 하나씩 틀을 세우고

새벽 역으로 가는 기차에 오른다

아무도 자리가 없을 것이다 여정을 미리 예약하지 않으면

지난 밤 빚으로 기록된 서비스 요금을 지불하지 않으면

허나 아무리 급해도 나는 역시 무조건 가져간다

환상적이고 신비로운 빛을

네 눈에서 방금 시작된

바람의 입술에서 방금 시작된 음조

새벽마다 기차역 플랫폼

현실을 향해 경적을 울린다

2014년 5월 5일

모래(Cát)

우리가 울지 않은 날 모래는 세상이었다

엄마 배 속에서 바람 부는 강변, 엄마의 발 아래 흐르던 모래 소리가 있어

강물이 범람했다

메마른 모래에게 돌아가려고

모래 속에서 우리는 내일의 두근거림을 오래도록 듣는다

유리는 술자리 술병이 되기를 기다린다

소녀의 얼굴은 아직 모래다

우리는 모래 속에서 땅의 고통을 듣는다

강물의 씨름

모래는 그저 하얗게 고요하다!

모래 같은 어떤 운명

모래 같은 어떤 위대한 방랑

세상을 떠돈다

굽은 발바닥 밑에 숨었을 때, 왕관을 뒤덮었을 때

모래는 그저 하얗게 고요하다!

바다가 범람한다. 사막의 꿈을 누른다

호적도 없다

국경도 없다

모래는 우리와 뒤죽박죽 섞여 세상이 되었다

나는 어린 시절과 사랑에 빠졌다

모래가 보인다

모래는 그저 하얗게 고요하다!

도마 모양 꿈(Giấc mơ hình chiếc thớt)

물고기 떼는 꿈에서 언제나 도마 모양에 시달린다
그물눈은 맑은 것을 가둔다
바다는 날마다 여전히 파도가 인다.

볏짚은 소떼 물어뜯는 꿈을 꾼다
마당 구석에 한가롭게 누워, 누런색 하나로 승리를 거둔다
쥐들은 고양이를 산 채로 갉아 먹고 영광의 발톱 씻는 꿈을 꾼다……

도마들에 둘러싸인 세계에서
운명을 뛰어넘지 못한 물고기들이 애처롭다
우리는 고양이 눈 속에 가라앉은 쥐의 여명을 들여다본다
볏짚은 아직 진흙이었던 시절부터 바람과 이슬을 깨뜨린다
10월의 향기와 맛이 빛난다

허나 희망은 성냥 한 개비보다 짧다
버섯 시대에선 썩는 데 단 하루가 걸렸다.

꿈들

우리는 어린 잎사귀 마다의 꿈들을 읽는다
저 침묵의 눈들 깊은 곳에서
노련함과 어리석음 모두에서
염세적인 마음이 일어나
사람이 부르는 바로 그 비가에서
도마의 실루엣에서

마이 반 펀

Mai Văn Phấn

1955년 하이 퐁 출생. 베트남 시인 중 해외에 가장 많이 소개된 시인이다. 해외에서 번역시집 26권을 출간했고, 36개국 언어로 소개되었다. 한국에서도 『대양의 쌍둥이』(2018, 고형렬 시인과 공저), 『재처리 시대』(2020)를 출간했다. 2010년 베트남 작가회 최고작품상. 2017년 스웨덴 시카다문학상, 2020년 불가리아 국제창작문학상 등을 수상했다. 2019년 한국문학번역원 서울국제작가축제에 참여했다.

절 마당에서 풀 깎는 것을 보다

(Ra vườn chùa xem cắt cỏ)

가로 지른 날카로운 칼날이

뿌리 끝까지 죽였다

아직 갇혀 있는 영혼들

풀과 함께

손을 뻗는다

더미로 쌓인 풀잎

가축의 먹이가 되거나

햇빛에 말려지리라

허나 아직 날아오르지 못한 어떤 영혼이 있어

여전히 혹독한 굴레에서

살생의 아픔에

지독한 풀 내음을 되돌아본다.

밤비 변주곡(Biến tấu đêm mưa)

비가 내리고
천둥이 울리면
새싹들은 어둠 속에서 옷을 벗는다
땅은 헐벗고 메마른 것들 열심히 감춘다
뿌리가 무언가 가슴 속에서 무언가 찾아나설 때

함께 갈망하고
함께 회상하는
논라[13]와 비옷 혹은 하늘을 가르는 번개
무덤을 따라서 누운 밤이
검은 옷을 여전히 나무에 걸어놓는다

함께 상쾌해하고
함께 메아리치는
소리는 깊은 잠 속에서 길을 잃고
뒤척이던 수많은 꿈들 부서진다
상쾌한 — 부푸는 — 울려 퍼지는 빗물 속에서

13 베트남 고깔 모자.

내 집에서(Từ nhà mình)

당신은 깨어 있는 어떤 계절을 모을까
가을 자몽 꽃다발
봄 자두 열매

나는 공기의 맥, 깊은 바닥, 땅의 가슴
침대와 옷장을 놓을 따뜻한 곳을 고릅니다
책걸상을 놓을 수 있는 탁 트인 곳

당신과 함께 일부러 혹은 무심결에 오며 가며
걱정을 내려놓고 식탁에 앉아
먼 들판에서 가져온 나물을 집습니다
토기 항아리 속에는 낚시로 잡은 물고기들

너무도 애틋한 볏짚의 발자국
깊은 우물, 하천, 연못

방에 너무 오래 앉아 있지 말고

들판으로, 강가로 나가요

푸른 채소가 있고, 물고기가 꿈틀대는 곳

향기로운 파인애플 한 조각, 달콤한 오렌지 한 조각 깨물면

과즙이 방울방울 황토로 떨어지는.

팜 시 사우

Phạm Sỹ Sáu

1956년 다낭 출생. 호치민 작가회 부주석. 사이공 과학대학을 졸업했다. 1977년 군에 입대하여 서남부 전장에서 11년간 근무했고. 호치민 작가회, 젊은 출판사에서 근무했다. 호치민 작가회 창립 멤버로 호치민시 작가회 집행위원를 맡았었다. 대표작은『다가오는 가을에 마음을 열자』『전선의 노래』『부대 점호』『도시에서 출정』이며 시집 10권을 출간했다. 2004년 국방부 문학상, 2009년 제3회 메콩문학상, 1981, 1986년 호치민시 문학상 1등상을 수상했다.

없고 있고(Không và có)

바라는 아침 없고

기다리는 오후 있고

시간은 바람 같이

조용히 지나가며

우리 마음에 깊이 새긴다

없고 있는 것들

어딘가에서처럼

있었던 것과 없었던 것

매일 언제나 바란다

새로운 평범함

방금 다가온 기쁨

갑자기 부끄러워져

폭풍우도 겪고

환난도 겪는다

굳은 살이 박히지 않은 마음

전염병이 돌아가고 나면

쓰라린 아침일지라도

애끓는 오후일지라도

여전히 결과를 기대한다

전염병의 날이 지나면

우리는 그래도 우리

달라져버린 우리

더 이상 망연자실하지 않기

있는 것과 없는 것 사이에서

수많은 소망 보살핀다

더 이상 없는 날을

봉쇄된 장소들

격리된 지역들

항상 평탄한 세상을

없는 것과 있는 것 사이에서

코로나 2차 유행의 날들 — 2020년 8월

무명전사에게 바치는 시 — 탄 응웬에게 바친다

(Thơ tặng chiến sĩ vô danh — tặng Thành Nguyễn)

전쟁은 지나갔네

환영행사 후

안심할 수 있는 천하가 완전하게 되었네

베트남 자원입대병에게 필요한 것들로

바로 그 순간

그대는 새로운 희생을 시작했네

아무도 알지 못했네

전쟁도 없이

지원군도 없이

그대 홀로 이야기하네

먼 곳의 낮과 밤과 함께

국경은 더 이상 지명들이 아니었네

시간의 회색 이정표들

국경

그것은 바로 그대

조국 또한 그대
홀로 숨결 마디 마디를 행군하던 군인

밤 그리고 밝지 않던 낮
그대 — 홀로
희생
전우도 없이 — 친구도 없이
그대 혼자서 말소리와 함께
멀리서 아주 멀리서 들려오던

찬사의 말을 많이 더하고
근조화환을 더하고
그대는 — 아직 남은 전쟁의 흔적
9월 25일 후
그대는 머나먼 곳으로 갔네
결코 손 흔들어주지 않던 깃발과 꽃과 함께.

번-띠아 미엔-쩌이, 1989년 9월. 호치민시 1989년 12월.

하노이로 돌아가는 날에 대한 상상

(Tưởng tượng ngày về Hà Nội)

사랑스러운 새 옛 지붕 위로 돌아간다

평화의 합창 울려 퍼지며

그리움 가득 실은 작은 기차

다정한 옛 하노이로 돌아간다

사랑하는 그대여 평화가 왔어요

환호의 종소리 기쁜 소식으로 울려요

기차에서 내려요 역에 도착했으니

글썽이는 눈물로 기뻐합시다

사랑스러운 시대의 하노이 거리

우리는 황홀한 설렘으로 돌아갔다

심장의 피가 쿵쾅거리는 소리 들으며

고통스런 시절 잊는다

옛 논에 가봤나요 그대

어린 시절 친했던 벗들 만나보았나요

바람 속에는 소중한 향기가 있어요
수많은 눈물과 미소로 된

보이나요 그대, 향기 퍼져 나가는 하노이
우리 마음 속에, 모든 이의 마음 속에

다낭 1973년 5월 3일.

쩐 꾸앙 다오

Trần Quang Đạo

1957년 꾸앙 빈 출생. 하노이 사범대 졸업. 문학박사 학위를 받았다. 시, 소설, 작사가, 화가로 활동하고 있다. 어린이 신문 편집장을 역임했다. 대표작으로『꿈에서 날다』『식을 올리지 않은 사랑』등이 있으며 책 12권을 출간했다. 2019년 베트남작가회 최고작품상. 2019년 아세안문학상을 수상했다. 2018년 동리목월기념사업회 문학행사에 참여했다.

첫사랑(Tình đầu)

그녀에겐 첫사랑이 있었네
웨딩드레스 조용히 여러 해 기다렸지만
군인으로 떠난 이는 종이 한 장으로 돌아왔네
청춘의 10년 희망 가슴에 묻혔네.

뒤에 나타난 나는 지난 시절 애달파하네
수많은 밤 지난 날 이야기를 들으며 몸 뒤척일 때
그녀는 첫사랑으로 다시 깨어나네
소금 같은 많은 눈물 심장으로 스며드네.

멀리 아련한 군인의 얼굴
나는 지우지 못한 슬픔을 사랑으로 보살피고
그녀는 헌신적인 사랑으로 나를 돌봐주네
나는 첫 키스도 아직 하지 못한 그녀 속의 군인이 애처롭네.

나 무례한 자처럼 뒤에 나타나

젖은 눈으로 서로의 빈 곳 채우려 애쓰네

내 안의 사랑은 두 배 곱한 사랑

한 쪽은 여전히 그 군인의 것이네.

1996년 4월 10일

배우다(Học)

하룻길 떠나면
새와 구름이 하늘에 선을 긋지 않고 날아가는 것이 보인다.

하룻길 떠나면
비가 양쪽 논에 물을 나눠주는 게 보인다.

하룻길 떠나면
바람이 양쪽 숲에 시원한 기운을 보내주는 게 보인다.

하룻길 떠나면
모든 곳으로 날아가는 노랫소리가 들리고……

잠 못 이루는 마음에 부끄러운 밤이면
여명이 내 얼굴을 씻겨준다.

……그러고는 나를 모든 이들 쪽으로 떠민다!

벙어리 폭탄(Quả bom câm)

완전하게 폭발하지 않은
벙어리 폭탄

전선 저편에서
비행기들 하늘 찢고 날아와 우리 마을을 폭격했다
나와 친척들이 숨어 있던 대피호 근처에 폭탄 하나 푹
꽂혔다
하지만 터지지 않았다.

아무도 두려워하지 않을 만큼 폭탄에 익숙했다
자기장 폭탄이 아니었기에 그저 파냈다
아버지는 기폭 장치가 없는 폭탄이라 했다
누가 이렇게 만들었을까 내가 오늘까지 살 수 있도록.

수많은 검사 단계를 거치는데
기폭 장치를 빼서 어디에 숨길 수 있었을까
하지만 그것은 실제가 되었다

그 좋은 사람은 지금 잘 살고 있을까?

군인의 본분을 다하지 않아

이어진 인생 그들은 우리와 영원히 산다……

2018년 7월

홍 탄 꾸앙

Hồng Thanh Quang

1962년 하노이 출생. 1986년 러시아 대학 신문방송학과 졸업. 1998-2003 인민군대신문 기자. 2003-2007 인민공안신문 세계안녕 담당기자. 2007년 인민공안신문 부편집장. 2014-2019 대단결 신문 편집장을 역임했다. 『서정』(1993), 『사랑하는 사람의 영감』(번역시, 1995), 『절대 식을 수 없는』(1996), 『멀리 있는 딸에게 보낸다』(번역시, 1996), 『부드러운 계절』(1999), 『러시아 시의 한 측면』(번역시, 2000), 『단지 꿈에서 보는』(2003), 『절대 죽을 수 없는 것처럼 산다』(2005), 『속기의 슬픔』(2013)을 출간했다. 1998~2000 군대문예잡지 주관 시 대회에서 문학상 수상, 2001년 러시아연방 과학문학 국제협력센터의 러시아시 번역에 대한 공로상을 수상했다.

전쟁의 마지막 밤

(Đêm cuối cùng của chiến tranh)

네가티브 필름을 보듯

가장 밝은 것이 어둠이다

담배 끝이 검게 타오른다

은하수 구멍처럼

군단은 물결이 되었다

흐름은 멈추지 않고 만남의 장소에 다다랐다

예기치 않은 죽음을 맞이한 사람

생존의 기쁨을 가진 사람

감춰진 미래

모두들 달아올랐다

거의 끝난 것이기에

곧 얼굴을 마주할 것이기에

운명이 예비해준 것들과 함께

모든 것이 때로는 그저 아주 우연일 뿐

하지만 누구나 행운은 용기와 함께 온다고 믿고 싶어

한다

또한 누구나 조상의 축복에 기대고 싶어한다

내일이면 된다

가능은 불가능이 되고

불가능은 가능이 된다

조국 사랑에 대해 큰소리로 말하지 마라

오늘 밤만큼은

나는 그저 바란다

조용히

그리워하고 싶다

너를……

난 다시는 널 잃고 싶지 않아

(Anh không muốn lạc em thêm lần nữa)

난 다시는 널 잃고 싶지 않아

겨울이 출렁이는 문 앞에 있을 때

우리는 수많은 언덕을 넘어서야

비로소 황혼 어스름 속 서로를 볼 수 있었다

갈망은 바람 속에 희미해져도

열정은 대부분 낯설어져도

나는 순간 갑자기 정신이 혼미해져

내게 필요한 유일한 것이 무언지 이해한다

겪은 고생으로 그저 슬픔에 젖고

놀이가 끝난 듯 방심한다

난 다시는 널 잃고 싶지 않아

너만이 시대를 불러 일으킬 수 있으니

나는 피가 스며 나오는 심장으로 거만했다

겉만 아름다운 달콤함 앞에 고개 숙이지 않았다

나는 나만의 신념으로 살았다
태어난 것은 제멋대로 살기 위해서가 아니었다

모든 비현실적인 것들과 함께
인간미로 두근대지 않는 사람들과 함께
너는 그날 함께하지 않을 수도 있었다
하지만 지금부터는 영원히 가까이 있어야 한다

감정 속 매서운 추위 가운데
오후로 건너가는 방랑자의 숨가쁨 가운데
시인의 모든 저문 날 속에서
만약 네가 없다면, 남는 건 그저 황량함 뿐이다……

사랑 노래(Tình khúc)

삶의 중간에 깨어져 나간 반달

나는 당신이 올 거라 생각 못 했지

물과 불로 단련된 구리 파이프로 올거라 역시 생각 못 했지

나는 네게 마지막으로 남은 사람

서로에게 행복을 줄 마음도 없었고

또한 서로에게 해를 끼치려 하지 않았지

수천 키로 떨어진 곳에서, 100개월 가까운 시차가 있어

첫 인연의 모든 것을 소모했지

네가 한번 노래하자고 어찌 만나나

이루지 못한 소원의 비가인데

네가 한번 울자고 어찌 만나나

청춘 시절 내내의 고독인데

이젠 아무도 막을 수 없어

저 불길은 천당을 불태우고
곧 준비되었던 기쁨과 슬픔
순식간에 재로 변하지

우리는 열네 살 달[14] 시절을 다시 살았지
내일의 믿음으로 와들와들 떨면서
수만번의 때를 놓친 후에야 비로소 이해했지
이렇게 단순한 사랑의 의미를

나는 비로소 극락의 키스를 알게 되었지
결코 달콤한 것만은 아니었지
깨진 달의 금조각을 매만진 후에야
불은 별이 되어 하늘을 위로했지

행복이든 불행이든, 우리는 비탈을 통과했지

---

14 베트남 사람들은 흔히 달을 여성에 비유한다. 열 네 살 시절을 열 네 살 달 시절로 칭한다.

아니 하지만 저쪽에 가라앉은 건 무언지

애절한 포옹 속에 너는 환해지는데

내 가슴은 왜 흠뻑 젖어 화상으로 따끔거리나……

투 응웻

Thu Nguyệt

1963년 동 탑 출생.『실제』(1992),『오(悟)』(1997),『낯선 세상』(2000),『길가의 꽃과 풀』(2002),『계절을 따라서』(2006),『주머니 속 빅뱅』(2007)을 출간했다. 2000~2002 호치민시 문학예술상을 수상했다. 2007년 '베트남을 이해하려는 젊은 작가들의 모임' 초청으로 한국을 방문했다.

벽걸이(Cái móc)

벽걸이는 원래 고독한데
사람들이 모든 걸 건다
나 역시 원래 고독한데
내게 걸린 생이 요동을 친다.

벽걸이는 스스로 자신을 높일 줄 알아
아래쪽에 모든 생을 걸어둔다
나는 내 자신이 높지 못한 것을 알아
먼지가 뒤덮여도 상관 않는다.

날마다 나는 쓸쓸히
벽걸이에 걸려 나를 본다
벽걸이는 아무 말도 하지 않는다
나도 익숙하게 침묵한다.

어느 날 벽걸이가 아래로 떨어지자
모든 게 함께 따라 떨어졌다

어느 날 내가 쓰러져 누워도

모든 게 여전히 소란스러웠다……

산과 더불어(Với núi)

산은 멀리 있는 산이다
산에 오르는 날 나는 빗속에서 웃는다
산은 그 옛날의 산이다.
나 — 여자로 단지 들판의 비를 알 뿐이다
산을 오르며 발걸음 주저할 때
산은 부드러운 돌 위에 걸음 가볍게 하라 권한다

첩첩산은 너에게 의지한다
부드럽게 발걸음 천지에 더한다
가볍게 떨어진다 꽃잎이 떨어진다
멀리 있던 천하가 갑자기 설레임의 향기 뿜는다……

사랑한다면 산은 그저 사랑한다
낯선 발, 믿을 수 있는 길
손을 들어 사랑을 딴다
혼자서 쥐고, 혼자서 풀어놓는다.

슬픈 산, 바위는 안개에 의지한다

앉아 있는 너, 그림자는 바람 길에 의지한다

산이여! 높아서 무얼하나

나여! 나는 나를 위해서 무얼하나?!

계절따라(Theo mùa)

사람의 마음은 여름도 아니고 겨울도 아니라

내 마음 그리움의 씨앗 망각의 땅에 가져다 심는다.

내 생의 나무는 절로 자란다

휘청거리다 역시 그림자를 만든다.

땡볕이 그치면 비가 내리는 이치

나 그림자 없어도 여전히 나다.

열매가 필요하랴, 꽃이 필요하랴

푸르른 몇 잎이면 나무로 족하다.

새싹을 돌보던 나날이

그렇게 흐른 뒤……

나는 계절따라 잎새를 날려 보낸다!

즈엉 남 흐엉

Trương Nam Hương

1963년 후에 출생. 대표작으로는『주재원의 노래』『풀, 스무살』『여름, 어린시절의 거리』『푸른 내일』『천년의 나들이』 등이 있다. 1991년 베트남작가회 최고작품상. 1989~1990 군대문예 작품상, 2009년 호치민시 문학상 등을 수상했다.

풀에 대해 스쳐 지나는 생각

(Thoảng nghĩ về cỏ)

사람들이 서로 사랑한다 말할 때, 풀 위에서 사랑하며 키스를 한다
사람들이 이별을 말할 때, 산산조각 부서지는 말을 한다
풀은 가만히 모든 말을 듣는다 —
태연하게 푸르게……

사람들이 밭에서 풀을 뽑거나, 풀을 심을 때
모든 비관과 모든 희망을 토한다
풀은 그 고통을 감내한다 —
태연하게 푸르게……

역사가 왕조의 흥망성쇠를 지나 발걸음을 디딜 때
풀은 왕을 덮어주고, 풀은 군인들을 덮어주었다
풀은 공평하고 자애롭다 —
태연하게 푸르게……

모든 고통보다 높고, 모든 행복보다 높다

풀은 기쁨처럼 푸르고, 풀은 눈물처럼 파랗다

여전히 자신의 작고 낮음을 받아들인다 —

태연하게 푸르게……

어느 날이 있을 거야…… — 딸 마이 하에게

(Sẽ có một ngày… — cho con Mai Hạ)

딸아, 아주 아름다운 봄날이 있을 거야.

구름도 다르고, 하늘 빛도 다를 거야

한 사내가 우리 집 문을 두드리는 날이 올 거야……

사내는 향기로운 열일곱 꽃송이를 들고 올 거야

그날 화창한 날씨도 소녀 앞에서 망설일 거야

너는 향기로운 차를 세심하게 따를 거야

은은한 열일곱 꽃송이는 무얼까

시원한 바람이 그렇게 살뜰해

아빠가 담배를 태우면, 연기 또한 신뢰로 가득할 거야

어쩌면 아빠가 엄마에게 준 그 옛날의 꽃과 똑같은지

구름도 역시 그렇고, 하늘 빛 역시 그렇네

그러면서도 아주 새로울 거야 네가 사랑에 빠졌을 때.

엄마가 부르는 노랫말 속에는*

(Trong lời mẹ hát)

옛날이야기로 가득 찬 어린 시절
엄마의 달콤한 노랫말 물결은
나라와 함께 하도록 저를 데려다줘요
민요의 그물에 출렁이며.

엄마의 노랫말 속에서 만나는
하얀 백로 날개, 청동 띠
수세미꽃 노란 색을 저는 사랑해요
"라임 이파리 따다 물고 꼬끼오 우는 닭"

시간이 엄마의 머리칼 위로 달려가면
하얀색에 가슴이 저려요
점점 굽어만 가는 엄마의 등이
저를 날마다 더 자라게 하죠.

엄마, 엄마가 부르는 노랫말 속에는
삶의 모든 것이 나타나요

자장가 노랫말은 제게 날개를 달아주죠
어른이 되어 제가 멀리 날아갈 수 있도록.

* 초등 5학년 2학기 국어교과서 수록작

부 홍

Vũ Hồng

1966년 밴 째 출생. 베트남 작가회 집행위원회 위원. 『먼지 탑』(시), 『강 위에 흐르느 종소리』(단편집), 『남부 사람』(시), 『야자수 등반가』(단편집), 『8절』(시)을 출간했다. 1999년 베트남작가회 표창장, 2017년 응웬 딘 지에우 문학상을 수상했다. 2018년 동리목월기념사업회 문학행사에 참여했다.

순수(Tinh khiết)

이슬 한 방울 마시면
내가 경솔해 보이고

난초 향기 맡으면
내가 죄책감 들고

시를 한 편 쓰면
내가 거짓말을 하는 것 같고

너와 함께 시간이 사라지면
내가 무죄라 여겨진다!

억울함을 풀어주는 새의 말

(Lời chim minh oan)

도시의 새는 들판으로 날아간다

자유의 노래를 부르며

아주 깊은 강물결

목동은 오후 나룻배 쪽에서 누군가를 기다린다

떠나는 새도 있고 돌아오는 새도 있다

바람과 먼지 가득한 날개 갈라진 발

꽃가지에 앉고 싶은

마을길 지날 때 무리지어 처음 나는 것처럼 날아가는 새들이 있다

밤이 뜯은 선율은 옛 사람의 말소리가 되어 울려 퍼진다

자유의 기도

폭풍우 속에서 떠나는 오두막이 있다

떠나는 이가 있다, 내 눈 속에 비가 내린다. 아침 꽃을 좋아하는 새가 있다

황소 수레가 시간의 박자를 덜컹덜컹 두드려도

시간은 마을에서 오래 지속된다

새가 날아와 노래한다
대나무 숲의 슬픔을
어디가 민요 가사인가
슬픈 두리안 향기는 영영 떠난 이의 길을 따른다
두 눈이 풀려 있다

억울함을 푼 새들은 수평선으로 간다
그리고 돌아오는 사람을 만나면 엎드려 죽는다 황혼 어린 배에서
아기새들은 슬퍼서 노래한다
자유의 노래를……

말띠의 말 — 말띠들에게 바친다

(Lời người tuổi ngựa — tặng những người tuổi Ngọ)

이 향으로 한 다발 불을 붙인다
연기는 야생 갈기를 씻는다
초원에 넘치는 봄을 듣는다
부드러운 옛 입술을 기억한다

발자국 리듬은 여전히 짙은 흔적으로 있다
먼 길을 돌아다니는 말
설 전날 밤 감동을 받는다
고향이 어디인지 묻는다

옛 고향이 어디인지 묻는다
천리길 말은 어리석다
말울음을 휘젓는 슬픈 발톱
강나루에서 누군가를 찾는다

이 야생숲 하나의 띠
저 깊은 들판 몇 개의 강

넋을 놓은 말이 멈춰 서서
허공을 응시한다

네가 아직 거기에 있어
따듯한 초가 오두막
풀을 뜯는 한 쌍의 말
그 어느 날 이루지 못한 아쉬움을 채운다

그리고 내가 가면, 봄이 온다
그리고 네가 있으면, 봄이 간다
사계절 내내 조용히 부른다
길가 아는 이의 그림자를

판 호앙

Phan Hoàng

1967년 푸 옌 출생. 전 호치민 작가회 부주석. 베트남 작가회 집행위원회 위원. 사이공문학지 편집장을 맡고 있다. 대표작으로는『사랑의 조각상』『태풍 경보 블랙박스』『바람의 자식』시집 등 문학 관련 서적 15권을 출간했다. 1990년 호치민시 학생문학상. 2003~2004 군대문예잡지 시문학상. 2000년 문예지 격려상 수상. 2017년 호치민에서 개최한 한베문학교류행사를 주관했다.

의자(Chiếc ghế)

각각의 의자에 얼마나 많은 사람이 앉았나

모든 인생에서 얼마나 많은 의자에 앉았나

우리는 서로에게 갔다

역시 의자에 의지해서

의자는 우연한 차편과 친하다

의자는 희미한 달빛 공원에게 사랑을 고백한다

의자는 외로운 집에서 서로 녹아내린다

의자에 앉았을 때 우리는 천당에 오른다

기를 쓰고 의자를 붙들고 있는 사람은 점점 지옥으로 침몰한다

사랑의 의자는 생명의 새싹을 뿌린다

권력 있는 의자는 많은 사람의 생명을 단숨에 삼켜버린다

바람에 맞서는 동요(Đòng dao nghịch gió)

바람이 없으면 물이 없지

물이 없으면 강이 없지

강이 없으면 들판이 없지

들판이 없으면 논이 없지

논이 없으면 벼가 없지

벼가 없으면 내가 없지!

나는 쌀과 함께 돌아오지

쌀은 논과 함께 돌아오지

논은 들판과 함께 돌아오지

들판은 강과 함께 돌아오지

강은 물과 함께 돌아오지

물은 바람과 함께 돌아오지

바람은 나와 함께 돌아오지!

물소의 등에는 7할이 가라앉고 3할이 떠오른다

바람에 맞서는 동요가 흘러간다…… 삶의 물결로

고향이 그리우면 드러누워 잠꼬대하듯 놀이를 한다

옛 강은 물소의 등에서 웃음소리로 메아리치고

햇볕 쬔 순수한 강물은

동요 박자를 사랑으로 잇는다!

매우 지친 엄마의 한숨 소리

(Tiếng thở mẹ nhọc nhằn)

넋을 놓은 밤 매우 지친 엄마의 한숨 소리
비와 햇빛 묵묵한 백 년 고단한 백로의 날개 소리
바다에 닿은 삶의 강이 근원으로 돌아가며 내는 기쁨과 슬픔 가라앉는 소리

헛된 명성으로 방황하는 짐을 떨쳐버리고
어릴 적 집으로 돌아와 기억 속의 봄바람을 독백한다
황야로 나갔던 소가 집으로 돌아와 익숙한 외양간 냄새를 맡듯
깊은 정 무거운 의리에 고개 숙여 사죄를 하며
밤마다 매우 지친 엄마의 한숨 소리를 지킨다
아프게 숙고한 겨울 눈 산에 마음 무겁다

마당에는 곤충이 노래에 열중하며
땅에서 솟아오르는 새싹들을 환영한다
바람은 살금살금 몸을 웅크려 가녀린 온기를 만든다
조용히 밤의 마음을 벤 눈물

예고되었던 매우 지친 엄마의 한숨 소리들 따라 방울 방울 떨어진다
세상의 가장 커다란 고통의 태풍이 슬그머니 밀려온다

나의 바람이 땅을 움직이는 새싹이면 좋겠다
그리고 엄마의 육신은 황야의 소리를 따듯하게 품은 청춘의 마당이기를

쩐 뚜언

Trần Tuấn

1967년 하노이 출생. 시집 『손가락 마술』 『멈추기보다는 느리게』를 출간했다. 2009년 백월 시 1등상을 수상했다.

손가락 마술(Ma thuật ngón)

마술 손가락 하나
불티 손가락 하나
침묵 손가락 하나
전생 손가락 하나
잿가루 손가락 하나

불티 마술 손가락
전생 불티 손가락
잿가루 전생 손가락
마술 잿가루 손가락
침묵 마술 손가락

불의 전생은 잿가루의 전생을 노래하고
잿가루의 불은 불의 잿가루에 대해 노래한다

얼마나 많은 손가락을 써야 할까
얼마나 많은 손가락이 더 있어야 할까
한 손으로 충분할까?

연꽃(Liên)

바람 가득한 모자
빈 머리

쓰러지는 그림자
한 생보다 길다

반 걸음 앞에
반 걸음 뒤쪽에

리엔[15] 색 문간
잊은 얼굴 / 아직도 베란다를 서성인다

반 걸음 앞에
반 걸음 뒤쪽에
빈 머리

15 사람 이름. 연꽃을 뜻한다.

그리고 바람 모자

간다 / 돌아간다

사는 게 뭔지 오래돼서 잊었다

(Sống là gì lâu quá đã quên)

저 먼곳에서 바람이 부는데

왜 나무는 이곳에서 계속 흔들리나

졸음 쏟아지는 오후 피곤한 사람

늙은 나무뿌리 베개를 베고 조용히 죽고 싶다

나무는 이곳에서 부스럭거리는데 이파리는 저곳에서 떨어진다

나무뿌리가 사람의 꿈을 가져가버려

인간의 기억은 미처 가보지 못한 곳을 잊는다

그러곤 손도 역시 가서는 아직 돌아오지 않았다

이곳에서 조용히 눈을 감고 저기에서 유랑한다

푸른 숲을 지나면 붉은 잎사귀 천장

여기 누워 있는 얼굴 저기 있는 이의 얼굴

슬픈 비 기다리는 돌계단처럼 조용하다

사는 게 뭔지 오래돼서 잊었다

졸음 쏟아지는 오후 사람이 피곤에 절여진다

리 흐우 르엉

Lý Hữu Lương

1988년생. 자오 족. 시집 『꼬산산 정상에서 달을 업은 여인』 『붉은 평원』 『야오』를 출간했다. 2014~2019년 국방부문학상. 2012년 군대문예잡지 격려상을 수상했다.

전투마(Chiến mã)

바람이 가슴 속에서 속삭인다
등에 도끼자국을 메고
전투마가 들판에서 길을 찾는다
자비와 침묵
밤부터 살아남은 하얀 이슬 맺힌 푸른 풀
우리 무리를 보라
망각처럼……

펄쩍펄쩍 뛰는 말발굽 빠오 중[16] 리듬 속
그들은 우리를 낯설게 본다
졸고 있는 창검들
시끌벅적한 전투마 등 위에서
망각처럼……

우리는 그렇게 갔건만

---

16 자오족의 민요. 시인이 자오족이다. 자오족은 중국 남부와 베트남 북부에 걸쳐 살고 있다.

조상의 고향은 어디에 있나
무명의 무덤들 푸르고
옛 집터에 달빛은 끝이 없다
우리 무리는 갔다
망각처럼……

추운 밤
낯선 언덕에
전투마 무리들은 활과 칼을 잊었다
땅을 보며 운다
2천 년 내내 가면서
발은 아직 평원에 이르지 못했다
2천 년 내내 자면서
여전히 이주하는 꿈을 꾼다……

어디에서 빠오 중 곡이 울려 퍼지는가
꿈속 어린아이의 웃음과 울음소리에 깜짝 놀라는가?

용맥(Mạch rồng)[17]

누워 있는 이의 기억에서

우리에게 땅의 맥들을 부른다

고대시대로부터

우리는 이 숲을 지나고 저 산을 건넜다

책봉도 필요없이

린 남[18] 산도 없고 자오족 발자국도 없다

국경은 언제부터 세워졌나?

조국은 언제부터 명확히 정해졌나?

땅은 이미 전설의 용맥이 되었다

내 안의 피는 조상의 피가 섞여 있다

---

17 베트남 전설에 따르면 베트남민족은 용의 자식이다. 여기서 용맥이란 베트남 민족이 이어져내려온 맥을 뜻한다.

18 베트남 민족의 발원지로써 중국의 오령산 남쪽을 지칭한다. 현재 중국의 광동성, 광서성, 하이난, 홍콩, 마카오와 베트남 북부지역이다. 베트남 민족의 조상인 락 롱 꾸언(Lạc Long Quân)과 어우 꺼(Âu Cơ)는 자식 백명을 낳았고 이들 중 장손이 왕이 되어 베트남 최초의 나라를 세웠다. 나라 이름은 반 랑(Văn Lang), 왕은 훙 브엉(Hùng Vương)이라 칭했다. 백명의 형제가 린 남 지역 곳곳을 나누어 다스렸으니, 이들을 일컬어 박 비엣(Bách Việt, 百越)족이라 했다. 백명의 형제는 베트남 역사 대대로 다민족국가임을 상징한다.

수만 명이 누워 있는

얼마나 많은 원혼이 있나

땅속의 용맥을 기르며

자오족은 땅위를 걷는다

천년 후에 서로 만나게 될까?

단지 땅만이 발자국을 이해한다

단지 자오족만이 자오족 사람들의 마음을 이해한다

천년의 린 남 하늘에서 구름이 부른다

붉은 햇볕 드는 집들

흐르는 구름의 흔적을 노랗게 태운다……

이주의 노래(Bài ca thiên di)

나는 우리 민족[19]을 슬픔이라 부른다

이주의 슬픔

작은 슬픔

열 번의 생애를 거치며 슬픔이 타오른다

다시 열 번의 생애를 더해 붉게 탄식한다

우리들은 어리석었다

우리들은 온화했다

풀과 나무를 영물로 삼았고

조상을 기리고 숭배했다

조국 땅이 어디든

인간의 피부색을 가진 슬픔들

인간의 피부색을 가진 미소들

홍수의 물살 위의 꿈처럼 떠돈다

백 번 생의 타향살이는 하나의 타향살이

---

19 베트남 소수민족 중 하나인 자오족을 일컫는다.

허리에 찬 칼 억조창생의 혼으로
가자. 가야 할 뿐이다. 말이 울고 있으니

화로에 손을 쬘 때마다
눈앞에 보이는 것은 고향
사람의 그림자가 일렁일 때마다
눈앞에 보이는 것은 안개
예쁜 옷 한 벌 없이 백일을 살다
한번 죽는 것이 가장 아름답다
백개의 산 천개의 강에서 죽었을지라도
영혼은 바다를 건너 천상으로 간다……

천년의 하늘 아래
우리들은 늦게 깨어난 아이들처럼
꾹꾹꾹 닭울음으로 서로를 부른다
그저 가만히
그저 가만히……

르 마이

Lữ Mai

1988년 탄 호아 출생. 『꿈』(시) 『눈을 뜨고 꿈꾸다』(시) 『텅 빈 짧은 시간』(시) 『호수의 영원』(단편), 『새벽을 가로 지르다』(서사시, 2020), 『쯔 탄 크라 흰 구름』(서사시, 2021) 등을 출간했다. 하노이 문화대학 시대회 1등상을 수상했다.

산에서(Từ núi)

그 소리는 방금 나를 떠났다

층층 바람이 후려친 산으로부터

절인 감들이 하나의 태양을 만든다

가을이 떨어지면서 잠을 잔다

익은 벼에 세차게 익은 바람 분다

새는 망각 속에서 지저귀는 것도 잊었다

사람은 악착 같은 거추장스러움에 조용히 죽었다

저 뱃머리는 가깝거나 멀거나 뾰족하게 빛난다

또한 저 배는 상상 때문에 가라앉을 때가 있다

나는 희미한 구름 하얀 갈대가 되었다

강산이 어찌 알고 약속을 깰까

단지 우리끼리만 있어

이삭 맺지 못한다

역시 추수철의 새소리 들릴 때 있다

깊은 마음을 심고 나무를 키운다

그림자를 서로 찾으며 떨림을 멈춘다

산 그림자보다 가볍다

그리고 날아간다.

가까운 거리(Phố gần)

나는 그저 얼마만큼의 하늘을 갖고 있다
나무들은 고대 도시의 출입문 같다
이 길 끝나면 비가 날리고 있어
이른 가을 파티는 온통 바람만 펼쳐놓는다

나를 만난 사람은 자유롭게 인사를 청한다
– 다른 하늘로 날아가고 싶니
이곳에 들러 하이[20] 한 켤레를 골라
– 어느 하늘이나 비바람이 역시 얼굴을 적실 거야
그리고 내 몸이 마를 정도로 햇빛이 쨍쨍할 거야

갑자기 잎사귀 뒤에서 까꿍 하는 소리
갑자기 내가 내 자신을 떠나는 것이 보인다
갑자기 많은 내가 조용히 산책을 한다

지금은 겨우 7월

---

20 옛날 여성용 신발. 천으로 만들었다.

그는 아직도 하이를 판다

가을은 아직 올 때가 아닌데 벌써 왔다

늑대 인간 게임(Trò chơi Ma sói)

진행자의 발걸음과 목소리를 믿지 마라
늑대의 눈이 숨겨진 동그라미 안에서
끝까지 가지 않는 한 쌍이 있고
등 뒤의 눈에는 떨리는 의심이 있다

누구나 두려움의 경첩을 건드린다
오늘 밤 떠나는 수가 많지 않은 것은 무슨 유형일까
가장 이해를 잘한 사람은 죽을 때 내가 따라가길 바란다
언제부터 사랑하면 같이 죽어야 했나?

선지자는 단지 누가 일반인인지 알면 된다
마술사는 단지 기생으로 의심되는 사람만 구한다
사랑의 신은 사냥꾼을 보살핀다
그런데 나는 잠시도 망설이지 않는다……

게임의 마지막
선도 죽고 악도 죽는다

승리는 순진한 얼굴에게 돌아간다

그들은 매우 어설픈 것을 믿고 선택했기에

우선

자신 속의 늑대를 잊었기에.

포연 속에 피어오른 꽃, 베트남 시

하재홍(한베문학평화연대 간사)

1

그대와 멀어지니

달도 외롭고

해도 외롭다

바다는 그래도 자신의 길이와 넓이에 기대보는데

돛단배 잠시 사라지면 이내 외롭다

바람은 회초리가 아니지만 암벽을 닳게 하고

그대는 오후가 아니지만 나를 보랏빛으로 물들인다

파도는 어디에도 가지 못한다 그대를 데려오지 않으면

파도가 나를

휘청거리게 했기에

그대였기에…

– 「바다에서 쓴 시(Thơ viết ở biển)」 전문

이 시는 즈엉 남 흐엉(Trương Nam Hương) 시인이 어느 날 술자리에서 낭송으로 제게 들려준 시입니다. 제가 만난 베트남 시인들 중 많은 이들이 본인의 시는 물론이고, 자신이 좋아하는 시를 많이 외우고 있습니다. 이들은 술자리가 흥겨워지면 노래 못지않게 시를 낭송하곤 합니다. 베트남어는 6성조를 가진 언어라 시낭송 역시 노랫가락처럼 들립니다. 시낭송을 들으면서 저는 깜짝 놀랐습니다. 서정성과 음률에 놀랐고, 이 시의 저자가 바로 베트남 작가회의 주석을 20년간 역임한 탱크병 출신 흐우 틴(Hữu Thỉnh) 시인이라는 것에 놀랐습니다. 이게 흐우 틴의 시라고? 흐우 틴하면 곧바로 떠오르는 시가 「탱크 위」라는 시입니다. 저의 친구들이 자주 불러주던 노래였습니다. 친구들의 애창곡 중 하나인 「탱크 위 다섯 형제」는 본래 「탱크 위」라는 시였습니다.

탱크 위 다섯 형제

한 뿌리에서 난 다섯 개의 꽃봉오리 같고
한 손바닥의 다섯 손가락 같아
다섯이 하나처럼 돌격하지

앞서거니 뒷서거니 탱크병이 된 형제들
식성은 차갑기도 뜨겁기도 한데
노래할 땐 한 목소리로 빚어지는 화음
하나가 아프면 모두가 식욕을 잃지

다섯 형제 각각 제 고향 있지만
탱크에 오르면 한 방향으로 함께
탱크에 오르면 고통도 즐거움도 함께
적군 앞에서 일제히 돌진하지

다섯 형제 각각 다섯 이름 있지만
탱크에 오르면 더 이상 자기 이름 없이
포신에서 별똥별을 쏘아올리고
다섯 개의 심장 하나의 박자로 쿵쿵거리지

입술 연지 같은 붉은 흙길도 하나

수천의 희망 푸른 빛도 하나

총구에서 날아가는 의지도 하나

모든 적을 으스러뜨리는 신념도 하나

–「탱크 위(Trên một chiếc xe tang)」 전문

「탱크 위」처럼 정형화된 전투적 감성을 지닌 시인이 다른 한 켠에 지극히 개인적이고 낭만적인 감성을 지니고 있다는 것이 놀라웠습니다.

하노이의 가을, 그대 옷이 너무 얇아

겨울이 덮쳐올까 두렵네

논라[1]는 서우나무[2] 가지 위에 고요한데

여름이 여전히 어딘가를 서성이는지 두렵네

문득 나는 있을 수 없는 것들이 두렵네

한 순간 흘러가는 것조차 인생에서 잃을까 무섭네

고개를 숙이니 머리 위엔 오십의 흰 머리칼

그대 나를 사랑하기엔 너무 어릴까 두렵네

---

1 베트남 고깔모자

2 드라콘토멜론(Dracontomelom). 옻나무과에 속하는 나무로 베트남에서 가로수로 많이 쓰인다.

–「하노이의 가을 한때(Chút thu Hà Nội)」 전문

이 시는 찜 짱(Chim Trắng) 시인의 시입니다. 한국에도 여러 차례 방문한 적 있는 찜 짱 시인은 남베트남 정권에 저항해 학생운동을 하다 여러 차례 투옥되기도 했고, 종전 때까지 남베트남 게릴라 활동을 했습니다. 흔히 말하는 '베트콩' 이었습니다. 월남 참전용사들의 무용담 속, 헐리우드 영화 속 음흉, 잔인, 악랄의 이미지로 범벅되었던 베트콩. 찜 짱 시인은 저를 자주 술자리로 불러냈습니다. 약속 장소에 나가보면 찜 짱 시인 곁에는 시인, 소설가, 화가, 가수, 음악가 등이 함께하고 있었습니다. 찜 짱 시인은 이들을 통해 제가 베트남에 대해 좀더 풍부하게 이해할 수 있기를 바랐습니다. 찜 짱 시인은 당시 예순 중반이었는데 어린 아이 같은 천진한 눈망울을 갖고 있었습니다. 표정과 웃음 소리 또한 개구장이 같았습니다. 이런 분이 베트콩이라고? 영화 속 베트콩 이미지와 너무도 달랐습니다. 찜 짱 시인이 갖고 있는 베트남전에 대한 기억 역시 처연한 슬픔이었습니다.

이른 아침 뜰에 나가 수련꽃을 땄네

폭탄구덩이 아래 어머니가 심은 수련꽃
아아, 어디가 아프길래 물밑 바닥부터
잔물결 끝도 없이 일렁이는가?

몇 해 지나 폭탄구덩이 여전히 거기에 있어
야자수 이파리 푸른 물결을 덮고
아아, 우리 누이의 살점이던가
수련꽃 오늘 더욱 붉네

–「수련꽃(Bông súng)」 전문

찜 짱 시인의「수련꽃(Bông súng)」은 베트남 시인들 뿐만 아니라 일반 독자들도 많이 애송하는 시입니다.

흐우 틴의「바다에서 쓴 시」, 찜 짱의「하노이의 가을 한 때」를 읽으면서, '베트남시가 사회주의적 리얼리즘에 갇혀 있지 않을까' 막연하게 추측했던 것이 얼마나 잘못되었는지 깨달았습니다.

2

베트남 작가회 주석인 응웬 꾸앙 티에우(Nguyễn Quang

Thiều) 시인은 2007년 만해축제 동아시아 시인 포럼 행사에서 이렇게 말했습니다. 오늘날 베트남 시의 특징은 낭만주의다. 이는 전쟁을 이겨내고 극복하는 과정에서 자리잡았다. 예전에는 사실주의적 관점에서 현실을 반영하여 객관적 사실 묘사에 치중하고, 집단주의 중심의 외향성을 지향했다면, 오늘날은 낭만주의적 관점에서 현실의 이면을 드러내어, 주관적 심리 묘사에 치중하고, 개인주의 중심의 내향성을 지향한다. 낭만주의를 통해 수천년간 억압받고 절제되었던 '개인'을 해방시켜, 가장 단순하고 소박한 감정을 글에 담는다.

> 내일이면 된다
>
> 가능은 불가능이 되고
>
> 불가능은 가능이 된다
>
> 조국 사랑에 대해 큰소리로 말하지 마라
>
> 오늘 밤만큼은
>
> 나는 그저 바란다
>
> 조용히
>
> 그리워하고 싶다

너를…

– 「전쟁의 마지막 밤(Đêm cuối cùng của chiến tranh)」 부분

이 시는 홍 탄 꾸앙(Hồng Thanh Quang)의 시입니다. 홍 탄 꾸앙은 군생활을 24년간 했음에도, '조국 사랑에 대해 큰소리로 말하지 마라' 고 하며 '연인' 을 그리워하고자 합니다.

군인 신분의 시인이 이런 시를 발표할 수 있고, 또 그것이 허용된다는 건, 이 전쟁이 결코 짧은 전쟁이 아니었다는 걸 반증하기도 합니다. 한국에서 떠올리는 베트남전쟁은 한국이 참전한 전쟁으로 1964년부터 1975년까지의 전쟁이지만, 베트남 사람들이 생각하는 베트남전쟁은 1858년 프랑스의 베트남 침략에서부터 시작된 전쟁입니다. 1858년을 기점으로 따지면 1975년까지 베트남은 거의 120년간 4대에 걸친 전쟁을 치룬 것입니다. 1975년 이후에도 캄보디아와의 전쟁이 1977년부터 1979년까지 있었고, 1979년에는 중국과의 국경분쟁도 있었습니다.

바다는 소란스러운데, 그대는 고요하네

방금 무언가 말하고 조용히 미소 짓는 그대

나는 양쪽 파도를 맞으며 가라앉는 배와 같네

한쪽은 바다, 한쪽은 그대

– 「해병의 사랑시(Thơ tình người lính biển)」 부분

이 시는 여덟 살에 「우리집 마당 구석에서(Từ góc sân nhà em)」라는 시를 신문에 발표해 전국민의 주목과 사랑을 받았던 쩐 당 코아(Trần Đăng Khoa)의 시입니다. 시적 자아는 조국(바다)과 연인(그대)의 무게를 동일하게 놓고 그 사이에서의 침몰을 감수합니다. 전형적인 선전선동시와는 거리가 멉니다. 「해병의 사랑시」는 노래로 만들어져 베트남 사람들에게 많은 사랑을 받고 있습니다.

때때로 나의 시는

가느다란 실바람 같다

(중략)

때때로 나의 시는

순진한 어린 아이 같다

(중략)

그리고 나는 늦가을의 마른 잎 같아서

–「나 그리고 시(Tôi và thơ tôi)」 부분

이 시는 호치민 장학생 럼 꾸앙 미(Lâm Quang Mỹ)의 시입니다. 그는 호치민 장학생으로 선발되어 폴란드에서 물리학을 전공했고, 물리학 박사가 되었습니다. 호치민 주석은 전쟁 이후를 대비하여 전국의 인재들을 선발해 해외유학을 보냈습니다. 호치민 주석은 장학생들을 배웅하면서 이렇게 말했습니다. "너희들은 공부가 전투다. 부모나 형제, 친구들이 죽더라도 절대 돌아오지 말아라. 전쟁이 끝난 후 국가를 재건하는 일이 너희들의 임무다." 그렇게 해외로 떠났던 장학생 중 하나인 럼 꾸앙 미 시인. 그의 심성은 '늦가을의 마른 잎' 같은 것이었고, 그가 쓰는 시는 '가느다란 실바람' 같고, '순진한 어린 아이' 같은 것이었습니다. 팔 순을 바라보는 나이인데, 그의 눈매는 여전히 형형하고 천진합니다. 럼 꾸앙 미 시인을 보면 알 수 있습니다. 정말 강한 것은 독한 눈매와 격한 목소리가 아니라, 오히려 그 반대에 있다는 것을.

3

어젯밤 나는 나를 열 수 없었네

마지막 열쇠까지 써보았지만

자물쇠에 꽂을 수 없었네

—「자물쇠(Ổ khóa)」 부분,

응웬 꾸앙 티에우(Nguyễn Quang Thiều)

여보세요, 만약 당신이 고양이라면

나한테 한번만 울어주세요

여기의 오후는 너무도 고요하거든요

—「외로운 전화(Điện thoại cô đơn)」 부분,

응웬 빈 프엉(Nguyễ Bình Phương)

나는 나한테서 도망치는 사람

나는 나를 찾아가는 사람

나는 둘 모두

—「숨바꼭질(Trốn, Tìm)」 부분,

응웬 탄 럼(Nguyễn Thanh Lâm)

어느 날이나 역시 그 어느 날과 다름없다

노인은 낚싯대를 들고 나와 돌 받침 쪽에 앉는다

침묵에 젖어

침묵하는 얼굴

– 「오후마다(Chiều chiều)」 부분,

쩐 안 타이(Trần Anh Thái)

그대는 새로운 희생을 시작했네

아무도 알지 못했네

(중략)

그대는 머나먼 곳으로 갔네

결코 손 흔들어 주지 않던 깃발과 꽃과 함께

– 「무명전사에게 바치는 시(Thơ tặng chiến sĩ vô danh)」 부분

팜 시 사우(Phạm Sỹ Sáu)

벽걸이는 원래 고독한데

사람들이 모든 걸 건다

나 역시 원래 고독한데

내게 걸린 생이 요동을 친다

「벽걸이(Cái móc)」 부분, 투 응웻(Thu Nguyệt)

고독. 이것은 물질문명이 빚어낸 고독이기도 하고 전쟁이 야기한 고독이기도 합니다. 그런데 분명한 건 전쟁을 겪은 사람들의 고독이 훨씬 더 아프다는 것입니다. 트라우마 때문입니다. 그래서 전쟁 세대의 시에는 고독의 정서가 많이 나타납니다. 『전쟁의 슬픔』의 작가인 바오닌은 작품에서 이렇게 말했습니다. "정의가 승리했고, 인간애가 승리했다. 그러나 악과 죽음과 비인간적인 폭력도 승리했다. 들여다보고 성찰해 보면 사실이 그렇다. 손실된 것, 잃은 것은 보상할 수 있고, 상처는 아물고, 고통은 누그러든다. 그러나 전쟁에 대한 슬픔은 나날이 깊어지고, 절대로 나아지지 않는다."

물고기 떼는 꿈에서 언제나 도마 모양에 시달린다

(중략)

볏짚은 소떼 물어뜯는 꿈을 꾼다

(중략)

쥐들은 고양이를 산 채로 갉아먹고 영광의 발톱 씻는 꿈을 꾼다……

–「도마 모양 꿈(Giấc mơ hình chiếc thớt)」 부분,

쩐 꾸앙 꾸이(Trần Quang Quý)

가로 지른 날카로운 칼날이

뿌리 끝까지 죽였다

(중략)

허나 아직 날아오르지 못한 영혼이 있어

여전히 혹독한 굴레에서

살생의 아픔에

지독한 풀 내음을 추억한다

–「절 마당에서 풀 깎는 것을 보다(Ra vườn chùa xem cắt cỏ)」 부분, 마이 반 펀(Mai Văn Phấn)

시간이 장인

수많은 허명을 깎고 닳게 한다

돌비석이여 말하지 마라

무형의 이끼풀 앞에서

–「옛 부조(Phù điêu cổ)」 부분,

응웬 비엣 찌엔(Nguyễn Việt Chiến)

역사가 왕조의 흥망성쇠를 지나 발걸음을 디딜 때

풀은 왕을 덮어주고, 풀은 군인들을 덮어주었다

풀은 공평하고 자애롭다 –

태연하게 푸르게 …

–「풀에 대해 스쳐 지나는 생각(Thoảng nghĩ về cỏ)」 부분,

즈엉 남 흐엉(Trương Nam Hương)

하룻길 떠나면

새와 구름이 하늘에 선을 긋지 않고 날아가는 것이 보인다.

하룻길 떠나면

비가 양쪽 논에 물을 나눠 주는 게 보인다.

하룻길 떠나면

바람이 양쪽 숲에 시원한 기운을 보내주는 게 보인다.

–「배우다(Học)」 부분, 쩐 꾸앙 다오(Trần Quang Đạo)

전쟁 트라우마는「도마 모양 꿈」처럼 강자에 대한 공포심, 복수심으로 나타나거나,「절 마당에서 풀 깎는 것을 보다」처럼 살생의 아픔, 생명존중으로 나타납니다.

전쟁 트라우마를 극복하는 방법으로는「옛 부조」,「풀에 대해 스쳐지나는 생각」,「배우다」처럼 시간과 자연에 대한 경외심과 깨달음으로 나타납니다.

4

나는,

작고 좁은 중부지역 들판을 떠도는 바람의 자식

메마른 흰 모래, 사철 불볕의 자식

한없이 휘몰아치는 폭풍, 바다의 자식

그리고 창백한 불면의 참탑 두눈의 자식

–「땅의 자식(Đứa con của đất)」 부분,

인라사라(Inrasara)

나는 우리 민족을 슬픔이라 부른다

이주의 슬픔

작은 슬픔

열 번의 생애을 거치며 슬픔이 타오른다

다시 열 번의 생애를 더해 붉게 탄식한다

–「이주의 노래(Bài ca thiên di)」 부분,

베트남은 54개 다민족국가입니다. 이중 인구 87%를 차지하는 비엣족(Dân tọc Việt : 낀족(Dân tọc Kinh)이라 부르기도 합니다.)을 제외한 나머지 민족은 소수민족입니다. 비엣족이 나라를 처음 세운 곳은 현재의 중국 남부지역과 베트남 북부지역. 중국에서 밀려난 비엣족은 현재의 베트남 중부로 내려와 참파 왕국을 무너뜨렸고, 남부로 내려와 캄보디아 땅이었던 메콩델타 지역까지 차지해 오늘 날 베트남이 되었습니다. 나머지 53개 민족 중 참족은 국가를 본래 가지고 있던 민족이었기에 원래 살던 곳에 그대로 살고 있고, 인근 국가인 라오스, 캄보디아족도 원래 살던 땅에 그대로 살고 있습니다. 외부에서 들어온 민족은 화교로 명나라 멸망 당시 피난 와서 정착했습니다. 이들을 제외한 나머지 부족은 모두 산악부족입니다. 특징적인 것은 비엣족과 화교를 제외한 나머지 민족은 인도문화권에 속해 있어, 유교문화권인 비엣족과 사고방식이나 의식구조가 상당히 다르다는 것입니다.

인라사라 시인은 작품활동 외에도 참족 문화와 전통을 연구하고 보존하는 활동에도 상당한 심혈을 기울이고 있습니다.

리 흐우 르엉 시인은 산악족에 속하는 자오족이라 자신의 뿌리를 찾는데 더욱더 안간힘을 쓰고 있습니다.

이들의 시는 슬픔 속 더 깊은 슬픔이라 할 수 있습니다.

5

이슬 한 방울 마시면
내가 경솔해 보이고

난초 향기 맡으면
내가 죄책감 들고

–「순수(Tinh khiết)」 부분, 부 홍(Vũ Hồng)

바람이 없으면 물이 없지
물이 없으면 강이 없지
강이 없으면 들판이 없지
들판이 없으면 논이 없지
논이 없으면 벼가 없지
벼가 없으면 내가 없지!

–「바람에 맞서는 동요(Đồng dao nghịch gió)」부분,

판 호앙(Phan Hoàng)

마술 손가락 하나

불티 손가락 하나

침묵 손가락 하나

전생 손가락 하나

잿가루 손가락 하나

–「손가락 마술(Ma thuật ngón)」부분,

쩐 뚜언(Trần Tuấn)

진행자의 발걸음과 목소리를 믿지 마라

늑대의 눈이 숨겨진 동그라미 안에서

끝까지 가지 않는 한 쌍이 있고

등 뒤의 눈에는 살 떨리는 의심이 있다

–「늑대 인간 게임(Trò chơi Ma sói)」부분,

르 마이(Lữ Mai)

부 홍, 판 호앙, 쩐 뚜언, 르 마이의 시를 보면 전쟁의 상흔이 많이 사라진 것을 느낄 수 있습니다. 보다 자유

롭게 대상을 관조하면서 인생을 탐구하는 자세가 두드러집니다. 문장 역시 디지털 시대에 맞게 간결합니다.

6

元宵	정월 대보름
今夜元宵月正圓，	오늘 밤은 달이 가득 찬 정월 대보름
春江春水接春天。	봄 강물은 봄 하늘과 맞닿았다.
煙波深處談軍事，	포연 가득한 곳에서 군사 얘기 하다
夜半歸來月滿船。	한밤 중에 돌아오려니 달빛이 배에 가득 실려 있다.

이 시는 2003년 정월 대보름 날 베트남 작가회가 '베트남 시의 날' 창립을 선포하면서 첫 순서로 낭송한 시입니다. 이 한시의 저자는 호치민 주석(1890-1969)입니다. 호치민 주석은 1948년 2월에 이 시를 썼습니다. 당시는 프랑스와 전쟁을 치르던 시기입니다. 프랑스는 옛 식민지 시절(1858.8-1945.3)의 권좌를 되찾고자 1946년 12월에 전쟁을 일으킵니다. 전쟁은 1954년 5월 7일

호치민 군대가 프랑스 최정예병력을 디엔 비엔 푸에서 괴멸시키면서 끝이 납니다. 호치민 주석은 사상가, 혁명가인 동시에 문학가였습니다. 베트남 역사에 큰 획을 긋는「독립선언서」나「전국민 총궐기 호소문」등을 직접 작성했습니다. 시집『옥중일기(Nhật ký trong tù)』도 출간했습니다.『옥중일기』(안경환 역, 지식을 만드는 지식, 2008.)는 한국에도 소개되었습니다. 호치민 주석이 뛰어난 문학가였다는 사실은 베트남 작가들의 자부심인 동시에 힘의 원천이기도 합니다. 베트남 작가들은 호치민 주석이 지닌 낭만적 감성에 기대어 자신의 작품에 낭만적 세계관을 표현하는 데 꺼리낌이 없습니다.

2003년부터 매년 정월 대보름날 베트남 작가회는 전국 각지에서 '베트남 시의 날' 행사를 합니다. 시인과의 만남, 강연, 시낭송, 시화전, 백일장과 국제문학행사를 개최합니다.

베트남 작가회 부주석 응웬 빈 프엉(Nguyễn Bình Phương) 시인은 '베트남 시의 날'의 의의에 대해 이렇게 말했습니다. 요즘 이 시대는 문학을 외면할, 특히 시를 외면할 요소가 많아졌다. 사람들이 각종 미디어와 게임에 빠져 시에 눈길을 주지 않는다. 하지만 시가 죽으면 사람의 영혼도 죽는다. 이를 방치하는 시인은 죽음을 방조하는 공범이다. 베트남 시의 날. 시인은 시가 이 세상에 살아 있음을 증명해야 한다. 시가 살아야 이 세상도 살 만하다.

7

바다에 가보았습니다.

육지로 끝없이 달려들지만 발등이나 간지럽히고 마는 파도를 보면서, 시를 번역한다는 건 이런 게 아닐까 생각이 들었습니다. 바다가 육지의 마음을 읽는 것. 아무리 깊은 마음을 품은 바다라도 육지는 그저 손등 한번 내어줄 뿐이라는 것.

시는 문장이나 의식의 흐름이 압축과 생략을 기본으로 하기에 소설을 번역하는 것과는 또 다른 차이가 있습니다. 소설은 원작자와의 소통만으로 '접신'이 가능하지만 시는 원작자에게 묻고 또 물어도 시인의 영혼에 '접속'이 잘 되지 않았습니다. 생략된 맥이 잘 잡히지 않기 때문입니다. 그래서 명확히 이해되지 않는 부분은 한국어 전공자의 도움을 받아 오역 여부를 확인했습니다. 다낭외국어대 한국어과 응웬 응옥 뚜옌(Nguyễn Ngọc Tuyền) 교수에게 감사말씀을 전합니다.

한국어와 베트남어의 차이 몇 가지를 말씀드립니다.

한국어는 주어와 목적어를 자주 생략하는 편(사랑해)이지만, 베트남어는 주어와 목적어를 꼭 쓰는 편(나는 너를 사랑해)입니다. 한국어는 복수의 경우에도 단수 표현(사과들→사과)을 쓰지만, 베트남어는 단수와 복수를 구분해서 씁니다. 한국어는 수식어가 앞(예쁜 그녀)에 붙지만, 베트남어는 수식어가 뒤(그녀 예쁜)에 붙을 뿐만 아니라 그 수식어가 그대로 서술어(그녀는 예쁘다)로도 사용이 됩니다. 한국어는 1인칭과 2인칭을 밝힐 때 '나'와 '너'를 분명하게 알 수 있지만, 베트남어는 1인칭과 2인칭을 '오빠'와 '동생', '엄마'와 '자식'처럼 상호대응하는 호칭을 주로 사용하기에 상황과 맥락을 알아야 1인칭과 2인칭의 대상이 누구인지 알 수 있습니다. 한국어는 종결어미가 발달해 있지만, 베트남어는 종결어미가 없습니다.

한국어에 관심있는 베트남 사람이나 베트남어에 관심있는 한국 사람은 이 점에 유의해서 번역문장이 어떻게

변주되는지 살펴보시기 바랍니다. 시집에는 베트남어 원문을 실을 수 없어, 대신 시 제목에 베트남어를 함께 병기했습니다.

시집을 낼 수 있게 도움을 주신 한베문학평화연대 공동대표 방현석 소설가와 응웬 꾸앙 티에우 시인에게 감사말씀을 전합니다.

우리가 시를 읽는 이유가 무얼까.『그대 아직 살아 있다면』의 작가 반레가 말했습니다. 잊고 있었거나 잃어버린 감성, 죽은 감성을 되살리는 것이라고. 이 시집을 읽는 독자가 시인의 마음으로 읽기를 바라며 반레 시인의 말로 글을 맺습니다.

> 시인은 총칼을 두려워하지 않는다.
>
> 가장 두려운 것은 감수성이 무뎌지다가 완전히 사라져버리는 것이다.
>
> 무정하거나 비정한 삶, 그것은 마음이 죽어 있는 삶이다.
>
> – 반레

베트남 당대 대표 시선집 1

사는 게 뭔지 오래돼서 잊었다

2021년 12월 30일 초판 1쇄 발행

지은이 응웬 꾸앙 티에우, 쩐 당 코아, 응웬 빈 프엉, 인라사라, 럼 꾸앙 미, 응웬 탄 럼, 응웬 비엣 찌엔, 쩐 안 타이, 쩐 꾸앙 꾸이, 마이 반 펀, 팜 시 사우, 쩐 꾸앙 다오, 홍 탄 꾸앙, 투 응웻, 즈엉 남 흐엉, 부 홍, 판 호앙, 쩐 뚜언, 리 흐우 르엉, 르 마이
옮긴이 하재홍
펴낸이 김재범
관리 박수연, 홍희표
편집 김지연
인쇄·제본 굿에그커뮤니케이션
종이 한솔PNS
펴낸곳 (주)아시아
출판등록 2006년 1월 27일 제406-2006-000004호
주소 경기도 파주시 회동길 445
전화 031.944.5058
팩스 070.7611.2505
메일 bookasia@naver.com

ISBN 979-11-5662-579-7 (03830)

* 값은 뒤표지에 있습니다.
* 이 책은 한국문화예술위원회의 2021년도 문예진흥기금(한국예술국제교류지원사업)을 지원받아 발간·제작되었습니다